Romain Gary

Clair de femme

Gallimard

Né en Russie en 1914, venu en France à l'âge de quatorze ans, Romain Gary a fait ses études secondaires à Nice et son droit à Paris.

Engagé dans l'aviation en 1938, il est instructeur de tir à l'École de l'air de Salon. En juin 1940, il rejoint la France libre. Capitaine à l'escadrille Lorraine, il prend part à la bataille d'Angleterre et aux campagnes d'Afrique, d'Abyssinie, de Libye et de Normandie de 1940 à 1944. Il sera fait commandeur de la Légion d'honneur et Compagnon de la Libération. Il entre au ministère des Affaires étrangères en 1945 comme secrétaire et conseiller d'ambassade à Sofia, à Berne, puis à la Direction d'Europe au Quai d'Orsay. Porte-parole à l'O.N.U. de 1952 à 1956, il est ensuite nommé chargé d'affaires en Bolivie et consul général à Los Angeles. Quittant la carrière diplomatique en 1961, il parcourt le monde pendant dix ans pour des publications américaines et tourne comme auteur-réalisateur deux films, *Les oiseaux vont mourir au Pérou* (1968) et *Kill* (1972). Il a été marié à la comédienne Jean Seberg de 1962 à 1970.

Dès l'adolescence, la littérature va toujours tenir la première place dans la vie de Romain Gary. Pendant la guerre, entre deux missions, il écrivait *Éducation européenne* qui fut traduit en vingt-sept langues et obtint le prix des Critiques en 1945. *Les Racines du ciel* reçoivent le prix Goncourt en 1956. Depuis, l'œuvre de Gary s'est enrichie de plus de vingt-sept romans, essais, souvenirs.

Romain Gary s'est donné la mort le 2 décembre 1980. Quelques mois plus tard, on a révélé que Gary était aussi l'auteur des quatre romans signés Émile Ajar.

I

Je descendais du taxi et la heurtai, avec ses paquets, en ouvrant la portière : pain, œufs, lait se répandirent sur le trottoir — et c'est ainsi que nous nous sommes rencontrés, sous la petite pluie fine qui s'ennuyait.

Elle devait avoir mon âge, à quelques années près. Un visage qui semblait avoir attendu les cheveux blancs pour réussir ce que la jeunesse et l'agrément des traits n'avaient fait qu'esquisser comme une promesse. Elle paraissait essoufflée, comme si elle avait couru et craint d'arriver trop tard. Je ne crois pas aux pressentiments, mais il y a longtemps que j'ai perdu foi en mes incroyances. Les « je n'y crois plus » sont encore des certitudes et il n'y a rien de plus trompeur.

J'essayai de ramasser ce qui restait de vivres à mes pieds et faillis tomber. Je devais être assez clownesque.

— Laissez...

— Je suis désolé, désolé... Excusez-moi...

Elle riait. Les rides se creusaient autour des yeux, et les années se posaient, venaient reprendre leur place.

— Ce n'est vraiment pas grand-chose, comme casse. Il y a tellement mieux...

Déjà, elle se détournait, et je craignis le pire : se manquer par « comme il faut », respect des convenances et bon usage du monde.

Ce fut le chauffeur du taxi qui nous sauva. Il se pencha vers moi, un petit sourire aux lèvres :

— Pardon, monsieur, la rue de Bourgogne, s'il vous plaît ?

— Mais... nous y sommes.

— Un tabac, au coin de la rue de Varenne, vous connaissez ?

— C'est ici.

— Alors qu'est-ce que vous attendez pour me régler ?

Je fouillai dans mes poches. Je n'avais plus de francs. J'avais tout changé à l'aéroport, et lorsque je voulus m'en tirer avec mes dollars, je fus informé qu' « on est en France, ici ». Je ne savais quoi faire, et elle vint à mon secours, une femme aux cheveux blancs tumultueux, vêtue d'un large manteau gris, qui réglait la course et se tournait vers moi avec plus d'ironie que de sollicitude :

— Ça n'a pas l'air d'aller...

Je croyais pourtant que, vu de l'extérieur, je n'étais pas trop visible. Je ne portais pas ma tenue de commandant de bord, mais j'avais toujours su garder, aux yeux des passagers et de l'équipage, l'air tranquille de celui qui a charge d'âme et qui a l'habitude de revenir de loin. J'avais le physique, comme on dit : des épaules solides et un regard bien ancré. A chaque minute qui passait, il restait de moins en moins de moi-même, mais il y a aujourd'hui des pneus crevés qui peuvent faire encore mille kilomètres.

— En effet, madame, c'est un de ces moments où, dans les vieux romans, on a recours à un prêtre, de préférence inconnu, dis-je.

Je n'ai pas réussi à l'amuser. Mes yeux mendiaient et elle devait le sentir. Jamais encore je ne m'étais trouvé autant dans le besoin. Lorsque je demandai plus tard à Lydia ce qu'elle pensait au cours de ces premiers instants, elle se déroba. « Je pensais que j'avais prêté cent francs à un type complètement saoul et que je n'allais plus jamais les revoir. » La vérité était que la vie nous avait jetés aux orties, l'un et l'autre, et c'est toujours ce qu'on appelle une rencontre.

— Ecoutez, je tiens à vous rembourser...

— Ça n'a vraiment aucune importance.

— Je vais vous faire un chèque, si vous permettez...

Je revenais de Roissy. Je m'étais fait conduire à l'aéroport au début de l'après-midi pour prendre l'avion de Caracas, comme convenu. Je m'étais assis dans un coin, le chapeau sur les yeux, face au mur, et je suis resté là, à écouter l'annonce des départs. Après dix-sept ans d'Air France, j'étais connu de la plupart des équipages, et je voulais éviter les rencontres et les questions amicales. « Qu'est-ce que tu fous ici, en passager ? Dis donc, six mois de congé, tu exagères ! Et Yannick ? Alors comme ça, tu prends tes vacances sans elle, à présent ? » J'étais dans un tel état de confusion que toutes les décisions se traduisaient aussitôt par des actes contraires. J'entendis l'appel pour Caracas, traversai le hall, pris un taxi et lui donnai notre adresse, rue Vaneau. Je me ressaisis juste à temps et priai le chauffeur de me laisser devant le tabac du coin. C'était beaucoup trop près, nous habitions le quartier depuis des années, quelqu'un aurait pu me reconnaître. « Vous l'avez quittée à quelle heure ? — A trois heures de l'après-midi. Je partais pour l'Amérique du Sud et mon avion... — On vous a vu rue de Varenne à dix-sept heures vingt. — Oui, je suis revenu. — Et vous n'êtes pas rentré chez vous ? Vous étiez pourtant à deux pas. — Non, je me suis arrêté juste à temps. Et d'ailleurs, il avait été entendu entre nous... — Quoi donc ? — Je n'ai rien à me reprocher. Il n'y avait rien d'autre à faire. — Dans ces cas-là, monsieur, on n'a pas la bassesse de rester en vie. On a l'élégance de se loger une balle dans la tête. » J'avais toujours abusé d'ironie, dans mes rapports avec moi-même. Mais s'il me fallait durer encore des années, autant m'habituer tout de suite à cet interrogatoire. Il n'allait pas cesser. Pourtant, la seule chose que je pouvais me reprocher était de ne pas avoir pris l'avion. Je n'étais pas un assassin qui revenait rôder sur les lieux du crime, le lieu lui-même est un très vieux criminel, depuis qu'il tourne autour du soleil.

Nous étions debout sous la pluie, parmi les provisions de bouche.

— Déjà, on n'arrive pas à se quitter, lui dis-je.

Elle rit et il y eut sur son visage encore plus de rides rassurantes.

Le café s'appelait *Chez Arys*. Il y avait au comptoir un homme très élégant en poil de chameau et Borsalino, qui tenait en laisse un caniche royal gris, taillé comme un jardin de Le

Nôtre. Par un de ces hasards dont on n'est jamais sûr qu'il en soit un, ni s'il y a raillerie ou prévenance, au juke-box, un adolescent qui y était pourtant allé de son argent écoutait une chopinade.

— Il vaut peut-être mieux qu'on se parle, parce que sans ça, les choses vont beaucoup trop vite nulle part et après, il faut revenir... « Je ne sais pas ce que je fais dans ce café avec un homme que je ne connais pas », c'est ça ?

— C'est ça.

Le garçon était là pour prendre la commande.

— Deux crèmes, dis-je, et je me tournai vers elle :

— Voilà, comme ça on a une raison d'être là.

Il y eut un peu de cruauté dans son sourire.

— J'attends toujours ce chèque, c'est tout.

— Bon Dieu...

Je trouvai le carnet dans mon sac de voyage.

— A quel nom ?

— Mettez : au porteur...

— Je voudrais quand même connaître votre nom, en cas d'avenir...

— Lydia Towarski.

L'homme au caniche glissa vers moi.

— Excusez-moi, monsieur... madame...

14

Il souleva et remit son chapeau d'un geste tout en poignet.

— ... Je suis dresseur de chiens et... j'ai l'impression...

— Las Vegas, 1975, dis-je.

Il parut enchanté.

— Vous faisiez un numéro de...?

— J'étais barman au *Sand's*.

— Ah oui, je me souviens, à présent...

Il me tendit sa carte. *Señor Galba,* et des adresses d'agences à New York, Paris et Londres.

— Quand on voyage sans cesse, on finit par ne plus connaître personne...

Je me taisais. Il comprit, parut avoir perdu tout ce qu'il avait à la roulette, ôta et remit son chapeau et raccompagna son caniche au bar.

— Qu'est-ce que vous faisiez comme barman à Las Vegas en 1975?

— Rien. Je n'y étais pas. Mais il avait besoin de connaître quelqu'un, ce type-là...

Elle me dévisagea curieusement et non sans froideur.

— Quand on diagnostique aussi vite la solitude chez un inconnu...

— On ne va pas se lancer dans des confidences de ce genre, madame, lui dis-je, avec une immense dignité.

Elle se mit à rire et il y eut autour de moi un peu moins de fantômes.

— ... Je dis « madame » pour bien marquer que je respecte les distances... Nous nous sommes étrangers, madame, et croyez bien que je n'exagère pas l'importance de deux cafés-crème... Je vous ai bousculée, tout à l'heure, en sortant du taxi, et c'est tout...

— C'est gentil d'être drôle.

— Si je pouvais vous faire rire quelques instants à mes dépens, je me sentirais mieux : prêter à rire, il n'y a rien de plus généreux. Et chez vous, ça va ?

Des voitures passaient derrière la vitre — c'était, bien sûr, une rue à sens unique — et le jour faisait grise mine. Le dresseur de chiens se saoulait très vite au bar et bientôt n'allait plus avoir besoin de personne. Son caniche le regardait anxieusement, car il n'est pas facile de comprendre un homme.

Nous nous taisions et c'était concluant : le silence ne devenait pas intolérable. Je lui trouvais un air désemparé, mais peut-être avais-je seulement besoin d'espoir.

— Excusez-moi, dis-je. Je ne suis pas... Je suis...

— Oui, je vois. Je me connais un peu en

signaux de détresse. J'ai étudié le code, figurez-vous. J'ai perdu mon mari et ma fillette il y a six mois dans un accident de voiture. Bon, je crois que nous pouvons nous quitter, maintenant.

Elle me tendit une main gantée.

— Courage. Cela va peut-être s'arranger.

— Je rentrerai sans doute en France au début de l'année et si vous permettez...

— Bien sûr. Vous partez loin ?

— Caracas.

Elle fouilla longuement dans son sac et ne trouva ni crayon ni feuille. J'allai prendre un Bic à la caisse et elle écrivit « Lydia Towarski », une adresse et un numéro de téléphone sur la fiche rose 6,30 F, service compris. Je glissai le papier dans ma poche.

Elle me sourit gentiment, pour solde de tout compte, et s'en fut. Je n'étais pas sûr de me rappeler son visage et la rejoignis sur le trottoir. Elle se retourna et attendit.

— Rien, dis-je. C'est pour vous reconnaître, la prochaine fois...

Elle portait ses cheveux blancs très longs, jusqu'aux épaules, et je ne savais si c'était parce qu'elle pensait jeune ou parce qu'elle se souvenait déjà d'elle-même. Les pommettes étaient hautes, saillantes, et les yeux noirs semblaient ainsi étrangement éloignés, coulés en profondeur, enfoncés dans leur royaume d'ombre ; les sourcils très droits portaient au milieu une ride profonde, comme un oiseau porte son corps.

Elle posa un instant sa main sur mon bras dans un geste amical.

— Vous devriez rentrer chez vous et dormir. Téléphonez-moi un jour, quand nous reviendrons tous les deux des endroits très éloignés où nous nous trouvons en ce moment...

Un taxi passait et ce fut fini.

J'avais réussi à tuer une demi-heure.

Je suis revenu au café. La chaise était béante de vide. Il y avait un cendrier. Mon ami de Las Vegas était toujours au comptoir et je me levai pour aller lui offrir quelque soutien moral. Un calva, une fine. Le poil de chameau au col relevé, le vieux Borsalino au large bord rabattu gaillardement sur l'œil droit, les cheveux soigneusement teints pour laisser du beau gris aux tempes avaient trente ans de plus que mes souvenirs : Bugatti, Delage et, au cinéma, Gina Manès et Jean Murat. Le nez était conséquent, méphisto-phélique, couvrant de superbes narines. Des yeux d'olives noires où se lisait je ne sais quelle vieillesse de Casanova, et, par contraste avec l'anxiété du regard, le nez semblait se porter en avant comme pour chercher des secours. Il faisait un numéro de dressage au *Clapsy's* et partait le lendemain avec sa troupe — un assistant, un chimpanzé, huit caniches — pour le Mexique et l'Amérique du Sud.

— Un numéro mondialement connu. Des années d'efforts... L'œuvre d'une vie. Malheureusement, des ennuis avec les assurances. Là...

Il se toucha le cœur.

— Trois petits infarctus. *Smrt.*

— Pardon?

— En serbe, la mort, ça se dit : *smrt.* Je parle sept langues, mais ce sont les Slaves qui ont su trouver le meilleur nom, le son le plus vrai, pour la chose... *Smrt,* en serbe, *smiert,* en russe, *śmierć,* en polonais... Vipérin, reptilesque... Chez nous, en Occident, ce sont des sonorités assez nobles : la mort, la *muerte, todt...* Mais *smrt...* On dirait un pet ignoble qui file le long de la jambe... plus venimeux qu'un venimeux scorpion. En général, je trouve qu'on fait beaucoup trop d'honneur à la mort.

— *Death,* c'est assez sifflant aussi, dis-je.

— Exact. Et vous, qu'est-ce que vous devenez, depuis Las Vegas?

— Je n'ai jamais été à Vegas.

— Ah bon, alors c'était quelqu'un d'autre,

quelque part ailleurs. Mais ça fait toujours plaisir. Venez me voir ce soir au *Clapsy's*. Je vous fais réserver une table. Ce n'est pas tous les jours qu'on se retrouve... Ou venez souper après. Hein ? Voici ma carte.

— Vous me l'avez déjà donnée.

— J'habite au Quillon, rue des Beaux-Arts. Le premier spectacle finit à minuit et demi, je suis en scène à onze heures et je repasse à une heure du matin. Nous avons sûrement des amis communs, là-bas...

— Je prends l'avion tout à l'heure.

— Pour... ?

— Caracas.

Il y avait à côté de nous un jeune homme qui réclamait un jeton de téléphone. Mais il ne pouvait être question de téléphoner. Je ne pouvais pas avouer que j'étais là, tout près, que je n'étais pas parti.

— Elle était charmante, tout à l'heure. Je ne veux pas être indiscret... cela avait l'air d'une rupture.

— Vous avez le coup d'œil perspicace.

— Oh, ce n'était pas difficile. Je me suis dit tout de suite : c'est en train de finir.

— Exact. *Cheers*.

— A la vôtre. Garçon, encore une fois la même

chose. J'ai connu tant de femmes, dans ma vie, que j'ai pour ainsi dire toujours été seul. Trop, c'est personne.

— Profonde remarque.

— C'est ainsi d'ailleurs que j'ai eu l'idée de mon numéro... Ne manquez pas ça.

— Un jour ou l'autre, dis-je.

— Malheureusement, je vais être bientôt obligé de quitter l'affiche. Les assurances, c'est un truc vraiment moche. Ça vous laisse tomber à la première occasion. La seule chose qui me préoccupe, là-dedans, c'est Matto Grosso.

Le caniche royal dressa les oreilles et leva son museau gris et nu.

— Vous avez peut-être remarqué qu'il ne me quitte pas des yeux ? On dirait qu'il connaît mon problème.

— *Smrt,* dis-je.

— Exact. Il a peur de rester seul. Les chiens sont de grands anxieux. Remarquez, il y a des chances pour qu'il meure avant moi, à son âge... Il va avoir quatorze ans.

— Bigre. Vous êtes ensemble depuis longtemps ?

— Treize ans. Il appartenait à une femme que j'ai beaucoup aimée. Elle est partie avec un cascadeur de vingt-deux ans — les femmes aiment beaucoup aider les débutants, vous savez — et elle m'a laissé Matto Grosso pour que je me sente moins seul... Il ne fait pas partie de ma troupe, ce n'est pas un professionnel, c'est de l'amitié. J'ai huit caniches et un chimpanzé. Dommage que vous partiez...

Il fouilla dans son portefeuille, tira encore une carte de visite...

— Vous me l'avez déjà donnée, répétai-je.

Il multipliait les preuves d'existence.

Il soupira. Je l'ai laissé payer. Nous nous serrâmes longuement la main.

— Peut-être ici ou là, dans le monde... J'ai été enchanté de vous revoir. Enchanté.

— Moi aussi.

Je sortis et marchai jusqu'à l'arrêt des taxis. Je pris le bout de papier dans ma poche et donnai l'adresse au chauffeur. Il y avait des moments de panique et de vide, des échos de rires, des flambées de souvenirs, la fatigue fouillait dans le tout-à-l'égout de la mémoire et rejetait à la surface des bribes de bonheur. Le reste était angoisse et remords. Chaque minute qui passait paraissait arrachée à un temps fossilisé. J'avais d'abord enlevé ma montre et l'avais mise dans ma poche mais c'était pire. J'avais remis le bracelet autour de mon poignet. Il était dix-huit heures. Je ne savais même pas si c'était commencé ou si c'était fini. En ce moment, j'aurais dû être loin au-dessus de l'Océan, et j'aurais déjà atteint ce que les pilotes appellent le point de non-retour.

Un vieil immeuble rue Saint-Louis-en-l'Ile. Sur la boîte aux lettres, son nom et *troisième à gauche*. Je montai. Il y avait une moquette rouge et des plantes grasses.

Elle m'ouvrit la porte et me dévisagea froidement.

— Je m'attendais à quelque chose de ce genre. Entrez.

Le salon était très clair. Des marronniers montaient aux fenêtres. Des fleurs qui n'étaient pas des bouquets et qu'elle avait dû acheter elle-même. Un air de flûte indienne dans l'autre pièce grignotait la solitude. Essoufflé, épuisé, qui paraissait sortir d'un sana. Elle prit mon imperméable, mon sac, mon chapeau et alla les porter ailleurs. Mon regard erra sur les murs, mais elle devait garder les photos plus près d'elle. Je m'assis dans un fauteuil gris-vert. Du velours. Elle revint et resta debout.

— Vous n'avez pas de chien? demandai-je. Rassurez-vous, ce n'est pas une candidature. Les chiens ont beaucoup de succès, en ce moment.

Jamais on ne leur a plus demandé. J'ai lu ça dans le journal.

— Elle m'observait attentivement, médicalement, pour ainsi dire. C'était une curiosité légitime, lorsqu'on reçoit un inconnu qui présente tous les signes extérieurs d'un naufrage. Elle devait se demander s'il y avait d'autres survivants.

— Vous avez l'air de quelqu'un qui a été interrogé toute la nuit Quai des Orfèvres. Et naturellement, vous n'avez pas d'alibi. Ce n'est pas cela, sans doute, mais cela revient au même. Vous êtes... suivi.

— Exact.

— Je vous ai fait tout à l'heure, au café, une confidence. Et vous sautez sur le premier malheur venu. Vous avez bien vu. Chez moi, ce n'est pas drôle non plus. Si cela peut vous consoler.

Je fixais la moquette bleue entre mes pieds. J'avais envie de tout avouer.

— Vous vous souvenez, mon ami de Las Vegas, au bar? Avec le vieux caniche gris? Il s'appelle señor Galba et collectionne les infarctus. Il se fait du souci pour son chien. Il ne veut pas qu'il reste seul. Et le chien ne le quitte pas des yeux, comme s'il savait. Alors, señor Galba se saoule la gueule et le chien le regarde anxieuse-

ment... Je pensais que cela pourrait vous inté-
resser.

— Vous tomber bien. J'ai une boutique de
curiosités, rue de Bourgogne. Mais je n'ai pas où
vous mettre. Vous prendriez trop de place.

Lorsqu'elle souriait, c'était une tout autre vie
qui apparaissait : elle avait dû être longtemps
heureuse.

Elle passa dans la pièce à côté, remit le même
disque et augmenta le volume du son, comme
pour m'éloigner d'elle, puis revint.

— En serbe, cela s'appelle *smrt* et cela veut dire
à peu près la même chose que votre flûte
indienne. C'est señor Galba qui m'a fait cette
révélation, car il est également polyglotte. Maintenant que vous savez tout, je peux partir...

J'attendis, mais elle ne disait rien.

— Je ne suis pas ivre. Et j'aime une femme...
Comme on peut aimer une femme... parfois. Je
pense que je n'ai pas d'explications à vous
donner, vous connaissez : nous avons à peu près
le même âge...

— J'ai quarante-sept ans.

— Quarante-trois, dis-je.

Je l'ai vue presque rougir.

— Comment diable savez-vous...?

— On exagère toujours. On joue à se dire que

c'est fini. On écoute un air essoufflé de flûte indienne. On vit seule, pour se prouver que l'on peut. Mais on regarde un étranger comme si c'était encore possible. Et je vous ferais remarquer que je sais aussi ceci : il ne suffit pas d'être malheureux séparément pour être heureux ensemble. Deux désespoirs qui se rencontrent, cela peut bien faire un espoir, mais cela prouve seulement que l'espoir est capable de tout... Je ne suis pas venu ici pour mendier...

Je mentais, et c'était encore une façon de mendier. Elle alla à la porte et je la suivis. Je repris mes affaires. Elle me tendit la main.

— J'espère que nous allons quand même nous revoir, dis-je, avec beaucoup de correction.

— Je l'espère aussi.

— Je vous dois une explication...

— Vous ne me devez rien. Et d'ailleurs, je vais la lire demain dans les journaux.

J'étais dehors. Elle me regarda et je sus qu'elle était au bord des larmes.

— Pourtant, vous n'avez pas l'air d'un salaud, dit-elle d'une voix brisée et elle referma la porte.

J'aurais dû insister. Elle m'aurait peut-être donné quelque chose.

II

A l'aérogare, je feuilletai mon passeport. J'avais fait cette année l'Afrique, l'Australie, les Amériques et mes visas étaient encore valables. J'écoutais la voix des hôtesses fantômes, hésitant entre le dix-neuf heures cinquante-cinq pour le Cameroun, le vingt-trois heures cinquante pour l'Equateur, le vingt-deux heures dix pour le Brésil et un hôtel à Montmartre où je pourrais m'enfermer et attendre la fin. Je choisis le dix-neuf heures cinquante-cinq pour Yaoundé et la forêt équatoriale, fis changer mon billet et revins m'asseoir. Une hôtesse de l'air qui passait par là me jeta un regard étrange. Peut-être m'avait-elle reconnu. « Dites donc, je viens de voir le commandant Folain... Hagard, pas rasé... Qu'est-ce qui lui arrive ? »

— ... Je ne veux pas être un jouet que l'on met en pièces, Michel. C'est dégradant. A partir d'un certain point, il se pose une question de dignité. Pars, va-t'en loin, comme tu l'as promis. Là. Mets ta tête ici, chez toi. Ne t'engonce pas dans le malheur, ne pense pas à moi tout le temps, je ne veux pas devenir une rongeuse... Je suis obligée de te quitter. Je te serai une autre femme. Va vers elle, trouve-la, donne-lui ce que je te laisse, il faut que cela demeure. Sans féminité, tu ne pourras pas vivre ces heures, ces années, cet arrachement, cette bestialité que l'on appelle si flatteusement, si pompeusement : « le destin ». J'espère de tout mon amour que tu vas la rencontrer et qu'elle viendra au secours de ce qui, dans notre couple, ne peut pas, ne doit pas mourir. Ce ne sera pas m'oublier, ce ne sera pas « trahir ma mémoire », comme on dit pieusement chez ceux qui réservent leur piété à la mort et au désespoir. Oh non ! Ce sera au contraire une célébration, une permanence assurée, un défi à tout ce qui nous piétine. Une affirmation d'immortalité. Il faut qu'elle t'aide à profaner le malheur : nous lui avons témoigné, depuis des millénaires, assez de « respect ». Nous baissons trop humblement, trop facilement la tête devant ce qui nous traite avec tant d'indifférence et de barbarie. C'est pour moi une question de fierté féminine. Presque de survie. Une révolte, une sorte de lutte pour l'hon-

28

neur, un refus d'être bafouée. Cette sœur inconnue, va à sa rencontre, dis-lui combien j'ai besoin d'elle. Je vais disparaître, mais je veux rester femme...

J'entendis l'annonce du départ pour Yaoundé, allai dans une boutique changer mes dollars et me retrouvai sur l'autoroute roulant vers Paris. En donnant l'adresse au chauffeur, j'avais ajouté machinalement : « ... au troisième à gauche ».

Il fit de la tête un signe d'approbation.

— Ça viendra sûrement, dit-il. Le Français ne veut plus sortir de sa voiture. Mais ce n'est pas encore au point. Il y a peut-être un ascenseur.

Il chercha mon visage dans le rétroviseur pour s'assurer que je riais. Je ris.

Je fus rue Saint-Louis-en-l'Ile alors qu'il faisait déjà nuit. Je montai et sonnai. Je regrettai d'avoir renvoyé le taxi, j'aurais pu aller voir señor Galba, qui attendait, lui aussi. J'allais descendre lorsque la porte s'ouvrit. Elle avait les yeux rougis. Elle eut, en me voyant, un sursaut moqueur, comme s'il pouvait y avoir encore souci des apparences.

— De quoi s'agit-il, au juste ? L'instinct du chasseur ? Vous vous trompez, ce n'est pas ici — à supposer que ce soit quelque part... Vous ne trouverez rien. Pas même une bouée de sauvetage...

J'entrai et la pris dans mes bras. Je sentis ses ongles sur ma nuque. Elle sanglotait. Je savais qu'il ne s'agissait ni de moi ni d'elle. Il s'agissait de dénuement. C'était seulement un moment d'entraide. Nous avions besoin d'oubli, tous les deux, de gîte d'étape, avant d'aller porter plus loin nos bagages de néant. Il fallut encore traverser le désert où chaque vêtement qui tombe, rompt, éloigne et brutalise, où les regards se fuient pour éviter une nudité qui n'est pas seulement celle des corps, et où le silence accumule ses pierres. Deux êtres en déroute qui s'épaulent de leur solitude et la vie attend que ça passe. Une tendresse désespérée, qui n'est qu'un besoin de tendresse. Parfois nos yeux se cherchaient dans la pénombre pour braver le malaise. Une photo de fillette sur la table de chevet. Une photo de fillette qui riait sur la cheminée. Un portrait maladroit, sans doute peint de mémoire. Ce que nous avions de commun était chez les autres mais nous unissait le temps d'une révolte, d'une brève lutte, d'un refus du malheur. Ce n'était pas entre nous deux : c'était entre nous et le malheur. Un refus de s'aplatir sous les roues, d'ainsi soit-il. Je sentais ses larmes sur mes joues. J'ai toujours été incapable de pleurer et c'était un soulagement qu'elle m'offrait. Dès qu'il y eut, chez elle, regret ou remords, chute, gêne et culpabilité, elle se leva, mit un peignoir, alla se recroqueviller dans un fauteuil, les genoux sous le menton. Je ne m'étais encore jamais vu un tel intrus, dans un regard de femme.

— Je vous en prie, dit-elle.

— Bien.

Mes vêtements traînaient sur la moquette et je commençai à les remplir.

— Je ne sais pas du tout pourquoi j'ai fait ça...

— Petit suicide, dis-je.

Elle essaya de sourire.

— Ça doit être ça. Il ne faut pas m'en vouloir. Il y a des moments...

— Trop de tout et surtout de rien. Nous aurions pu tenir encore un peu ensemble.

— Je n'ai aucune envie d'être heureuse.

— Et qui vous parle de bonheur, Lydia ? Je vous parle seulement d'entraide.

— Vous avez bien vu que je ne suis... bonne à rien.

— Evidemment, quand on fait ça comme si on se jetait du septième étage...

— Ne me jugez pas trop sévèrement...

— Je vous en prie !

Je fourrai la cravate dans ma poche. C'est toujours mufle, une cravate que l'on noue après.

— C'est arrivé quand ?

— Il y a six mois. Mais ça ne cesse jamais... Je me demande si je ne prolonge pas... délibérément, pour faire du souvenir une raison de vivre. Sans ça... je ne saurais pas ce que je fais là. Il y avait des témoins. Ils disent que mon mari avait soudain perdu le contrôle de la voiture. Il ne roulait pas vite, pourtant. Je ne peux rien lui reprocher. Il avait mis la petite sur le siège arrière, il le faisait toujours... Peut-être était-ce déjà fini avant, lui et moi, et qu'il me faut cette excuse pour lui en vouloir...

Elle appuya son visage contre ses genoux et je ne voyais plus que la chevelure blanche. Puis elle leva la tête. Ses yeux avaient repris leur expression lapidée.

— Dans ces cas-là, il faut partir loin, dis-je.

J'ai eu enfin droit à un peu de gaieté sur ses lèvres.

— Caracas ?

— Caracas.

— C'est beaucoup trop loin trop vite et, comme vous avez dit tout à l'heure, au café, après, il faudra revenir...

Elle alla chercher une bouteille de whisky et un verre à la cuisine.

— *One for the road*, dit-elle.

32

— Tchin-tchin.

Je bus. Elle m'observait avec amitié.

— C'est... récent ?

— Quoi donc ?

— Vous êtes orphelin d'une femme.

Je regardai ma montre.

— Ça va faire un siècle, dis-je, et je suis parti.

III

L'entrée des artistes était dans un passage qui finissait en cul-de-sac parmi les poubelles, devant le rideau de fer rouillé d'un atelier de photogravure. Des rafales de mitraillette et des grincements de freins venaient d'une cabine de projectionniste. Un chat rouquin accourut en miaulant et se frotta à ma jambe, la queue raide. Je lui grattai l'oreille. Nous sommes restés un moment ensemble, puis il me quitta. J'ouvris la porte. Le gardien était en train de scruter un journal de courses.

— Señor Galba, s'il vous plaît? Il m'attend.

Il continua à étudier les gagnants possibles. J'atendais avec sympathie et sollicitude, pendant qu'il m'ignorait. Le néon lui collait au visage des moiteurs violettes. Le réduit devait avoir deux mètres sur un mètre cinquante. Il y avait à côté du journal une bouteille de pinard vide. Des vêtements usés et crasseux, qui attendaient que ce soit fini, eux aussi. La solitude rance des objets perdus...

— Vous avez déjà essayé de mettre une petite annonce ? demandai-je.

Il parut satisfait d'avoir été compris.

— Au fond du couloir, après les coulisses, deuxième porte à droite. Vous êtes le vétérinaire ?

— Oui, mais je suis pressé, je reviendrai vous voir tout à l'heure.

Je marchai parmi les filles aux seins nus et les nains cascadeurs. Je saisis du coin de l'œil, en scène, un rajah enturbanné qui composait avec ses doigts le profil de Kissinger sur un écran. Je m'arrêtai un instant, pendant qu'il passait à Groucho Marx avec son cigare. J'étais grand amateur d'ombres chinoises. Je regardai l'heure : il était onze heures. J'avais réussi sans doute à faire la moitié du parcours. Un jeune homme aux cheveux très longs et à la barbiche blonde était assis sur une chaise, entouré de caniches. Il tenait un chimpanzé sur ses genoux. Le chimpanzé léchait un cornet de glace. Tous les caniches étaient blancs, sauf un, qui était rose. Je m'arrêtai.

— Je n'ai encore jamais vu un caniche rose, dis-je.

— La main humaine. Rinçage. Vous devriez essayer.

— Señor Galba?

Il pointa l'index vers une porte.

Señor Galba était écroulé dans un fauteuil et se tapotait délicatement le front avec son mouchoir Il était en habit et au-dessous du plastron, son nez, peut-être parce que les nez semblent toujours grandir la nuit, devenait un organe précurseur, anticipatoire et explorateur plutôt que simplement olfactif. Le nez de señor Galba paraissait être là en patrouille.

Le caniche était couché aux pieds du maestro, le museau nu émergeant de ses floralies grises. Il avait les yeux cernés. Il y avait sur la table de maquillage, sous six ampoules électriques qui resplendissaient au-dessus du miroir, une bouteille de champagne dans un seau, une bouteille de cognac et une de vichy. Il y avait aussi des flacons de médicaments et un cendrier plein de mégots. Señor Galba m'adressa un sourire, mais cela ne changea rien à l'angoisse du regard. C'était un homme qui attendait. Il me fit de la main un signe aimable vers un tabouret. Je m'assis.

— Comment c'était, à Caracas? s'enquit-il.

— Je vous promets de m'occuper du toutou, lui dis-je.

Il était saoul, mais avait l'habitude. Il prit un air hautain.

— Pourquoi ? On vous a dit que c'est pour ce soir ?

— Je voulais seulement vous rassurer.

— Permettez-moi de m'étonner, monsieur. Vous entrez dans ma loge d'un air sûr et certain, pour me dire : « Je vais m'occuper du toutou », comme si vous saviez — de source sûre ! — que j'allais quitter l'affiche ce soir. Vous avez rencontré... quelqu'un dans les couloirs ?

— Personne de ce genre.

— Ah. J'ai évidemment une telle habitude du music-hall que je suis quelque peu obsédé par la ponctualité, les trois coups, l'entrée et la sortie de scène, la durée du numéro, le régisseur qui se tient dans les coulisses, l'œil implacable fixé sur l'heure...

— Ecoutez, Galba, je vous dis que je vais m'occuper du chien. Vous pouvez mourir tranquille. Tout ira bien.

— Vous vous foutez de moi ? Vous connaissez quelqu'un qui soit mort tranquille ?

— Ça peut vous arriver dans votre sommeil, non ?

— *Coño*, dit-il. C'est tout ce qui me manquait. Maintenant, je ne vais pas pouvoir fermer l'œil. Remarquez, Matto Grosso est un bon chien de garde. Je suis sûr qu'il va aboyer.

— Je ne sais pas comment vous pouvez faire votre numéro dans cet état.

— Il n'y en a pas d'autre. La vie, la mort...

Il balaya ces vétilles d'une main de seigneur.

— ... Je dis tout ce qu'il y a à dire là-dessus... Vous verrez. Et j'ai la chance de ne pas être compris. Sans quoi, il y a longtemps que j'aurais été obligé de quitter la scène sous les huées. Le public se sentirait insulté. Il n'aime pas qu'on traite avec un tel dédain des choses aussi graves. Que voulez-vous, nous autres, grands artistes, nous sommes tous condamnés à la bouteille à la mer. D'ailleurs, il n'y a plus de mer, il n'y a plus que des bouteilles. J'ai un assistant, Svansson, Sven Svansson — retenez ce nom — un jeune Suédois qui prépare une thèse de philosophie à l'Université d'Upsal sur ma vie et mon œuvre. Je vous suis reconnaissant d'avoir interrompu votre vol pour venir me saluer. Ça, c'est de l'amitié.

— J'essaie de tuer le temps, dis-je. Vous permettez que je téléphone ?

Il eut un geste aimable vers le téléphone et porta la bouteille de cognac à ses lèvres. Le caniche ne le quittait pas des yeux. Il tremblait. Je me levai et allai composer le numéro. Rien. Je l'avais débranché moi-même : je m'étais rendu utile jusqu'au bout. Je voyais dans le miroir sous les ampoules électriques un homme, l'écouteur à la main, qui composait le numéro deux fois, comme on murmure un nom.

Señor Galba se leva avec quelque difficulté. Il compensait par la distinction ce qu'il lui manquait en stabilité.

— La police des aéroports est très bien faite, dit-il. Mais si vous avez besoin d'un faux passeport, je connais quelqu'un...

— Comment avez-vous deviné, señor ?

Il se toucha le bout du nez.

— Une profonde connaissance des choses de ce monde, monsieur. Nous savons reconnaître un homme traqué, mon nez, mon chien et moi.

Il sortit et le caniche le suivit lourdement. Je passai quelques minutes à imaginer un établissement où l'on vous prenait en compte pour expédier toutes vos affaires courantes, conscience, remords, souvenirs, horreur, et où l'on tournait certains boutons pour faire table rase. Je n'avais pas la moindre chance de m'en tirer seul et la raison était bien simple : j'avais trop aimé pour être encore capable de vivre de moi-même. C'était une impossibilité absolue, organique : tout ce qui faisait de moi un homme était chez une femme. Je savais que l'on disait parfois de nous, presque sur un ton de blâme : « Ils vivent exclusivement l'un pour l'autre. » J'étais attristé par l'aigreur de ces accents, leur manque de générosité et leur froide indifférence à la communauté humaine. Chaque amour heureux porte nos couleurs : il devrait avoir des millions de supporters. Notre fraternité est enrichie par tout ce qui nous éclaire. La joie d'un enfant ou la tendresse d'un couple brillent pour tous, elles sont toujours une place au soleil. Et un désespoir d'amour qui désespère de l'amour est une bien étrange contradiction. Je cherchai dans ma poche la fiche des deux cafés-crème et composai le numéro. J'entendis sa voix.

— Je voulais simplement vous dire... je vous dois une explication...

— Vous ne connaissez personne à Paris ?

— Venez. Vous ne pouvez pas rester seule à écouter cette flûte indienne à bout de souffle... Chez elle, dans les Andes, c'est compréhensible, il y a cinq mille mètres d'altitude, on ne respire pas, on ne fait qu'expirer... Mais pas rue Saint-Louis-en-l'Ile... Je sais bien que lorsqu'on ne se connaît pas, comme vous et moi, tout paraît possible... Mois aussi, j'ai assez vécu pour avoir appris à me méfier terriblement de ces espaces blancs où l'on peut écrire n'importe quoi... Vous pensez bien que je ne vais pas vous parler d'amour ni même d'amitié... seulement d'entraide... Nous avons besoin de... de divertissement, tous les deux... C'est ça, de divertissement... pour oublier...

— Ecoutez, Michel... C'est bien Michel?

— Oui, c'est bien Michel. Vous vous souvenez, je vous ai bousculée tout à l'heure, en sortant du taxi et...

— Vous êtes saoul de malheur. Qu'est-ce que vous avez fait?

— ... Je n'ai pas pu partir. Je lui avais promis de partir loin, pour ne pas être tenté de courir là-bas et... Je n'ai pas pu. Je suis ce qu'on appelle un faible, et chez nous, les faibles, lorsqu'on aime une femme, ça devient d'une telle... force que... lorsqu'elle est obligée de mourir pour des raisons... techniques, oui, des raisons d'organes assez abominables... parce qu'on s'en est aperçu trop tard et... Je vous disais, je crois, que chez nous, les faibles, l'amour, les séparations définitives, indépendantes de notre volonté, ces véritables abus de pouvoir... prennent des dimensions effrayantes de... de tendresse. Je pense que vous êtes peut-être une femme forte, je ne sais pas, je ne vous connais pas, alors, excusez-moi de vous avoir dérangée. Je ne puis, madame — remarquez encore une fois que je vous dis « madame », pour bien marquer que nous, nous sommes étrangers — je ne puis, madame, que me réclamer de la faiblesse, parce que la force, madame, je pense qu'elle n'est pas du côté des faibles — vous noterez que je viens de faire là un bon mot, et que je ne suis pas sans ironie ni donc sans ressources...

Un silence. Je crus qu'elle avait raccroché. Une femme forte. Puis j'entendis sa voix :

— Où êtes-vous ?

— Je suis dans la loge de señor Galba, au *Clapsy's*... señor Galba, vous vous souvenez, l'homme qui n'est pas couvert par les assu-rances....

— Attendez-moi au bar. J'arrive.

Je m'assis devant la table de maquillage. Six ampoules électriques protubérantes, une bouteille de cognac. A la santé des amoureux, à la santé du roi de France. L'homme sans patrie féminine me tenait compagnie dans le miroir. Lui, l'autre, moi, l'apatride. On t'a pris ton pays, mon vieux. Tes sources, ton ciel, tes champs et tes vergers. Et de tout mon pays, je crois que sa chevelure était pour moi un lieu plus secret, plus sûr que les cachettes de mon enfance. Lorsque sa blondeur abritait mes yeux, je vivais des instants dont on ne peut parler

autrement que comme d'une ultime connaissance, une raison d'être qui s'étendait même à
tout ce qui n'était pas elle, comme si je savais
enfin quel manque, quelle privation avaient
aiguisé les épines et durci les pierres. J'avais
patrie féminine et il ne pouvait plus y avoir de
quête. Mon pays avait une voix que la vie
semblait avoir créée pour son propre plaisir, car
j'imagine que la vie aussi a besoin de gaieté, à l'en
juger par les fleurs des champs, qui sourient
tellement mieux que les autres. Lorsque nous
étions dans notre maison de Briac, le temps
n'entrait pas, restait humblement dehors, et il
était si bien dressé qu'il ne se mettait à aboyer que
lorsqu'elle partait au village et tardait à revenir.
Je ne dis ici que ce que chaque couple a connu, ce
sont là choses qui ont creusé notre plus vieux
chemin sur la terre. Je vous parle d'une bienheu-
reuse absence d'originalité, parce que le bonheur
n'a rien à inventer. Rien, dans ce qui nous
unissait n'était à nous seuls, rien n'était différent,
unique, rare ou exceptionnel, il y avait permanence et pérennité, il y avait couple, nous étions
plus anciens que mémoire humaine. Je ne pense
pas qu'il y ait bonheur qui n'ait goût immémorial.
Pain, sel, vin, eau, fraîcheur et feu, on est deux, et
chacun est terre, et chacun est soleil.

— Je songe souvent à ce que nous serions devenus si nous ne nous étions pas rencontrés...

— C'est ce qu'on entend par coucher avec quelqu'un.

— Il y a tant d'hommes et de femmes qui se ratent! Qu'est-ce qu'ils deviennent? De quoi vivent-ils? C'est terriblement injuste. Il me semble que si je ne t'avais pas connu, j'aurais passé ma vie à te haïr.

— C'est justement pourquoi tu vois tant de gens haineux. Tu vois plein de gens qui haïssent tous ceux qu'ils n'ont pas rencontrés, c'est même ce qu'on appelle l'amitié entre les peuples.

— Et à soixante ans, quand je serai vieille?

— Tu veux dire le ventre, les seins, les fesses, tout ça?

— Ben oui. Ça fait peur, non?

— Non.

— Comment, non? Quand je serai une vieille peau?

— Ça n'existe pas, une vieille peau, c'est des histoires sans amour.

Les nuits étaient des îles. Mes lèvres erraient sur les plages chaudes. Je luttais contre le sommeil, qui est toujours un peu voleur.

— Parle plus haut, Michel. Tu fourres ton nez

dans mon cou, tu grognes et tu murmures. Qu'est-ce qu'il y a?

— R r r r.

— Veux-tu avoir la gentillesse de t'expliquer, puisque tu m'as réveillée?

— Je ne parlais pas.

— Alors qu'est-ce que c'est que cette musique?

— Je ne sais pas pourquoi les chats auraient seuls ce droit.

— Tu ne peux pas dormir?

— Si. Je peux. Mais je ne veux pas. C'est trop bon, près de toi.

— Allez, viens ici, comme ça, là, et dors.

— Yannik, comment est-ce possible, après tant d'années, et c'est toujours là, intact, comme aux premiers jours? Ils disent pourtant : tout passe, tout casse, tout lasse...

— C'est seulement chez ceux qui ne font que passer, casser, se lasser...

— Qu'est-ce qu'on a, toi et moi? Les problèmes du couple, et tout ça?

— Les problèmes du couple, qu'est-ce que c'est? Ou bien il y a des problèmes, ou bien il y a couple.

— C'est paraît-il souvent très difficile, douloureux, ça se décolle, ça fait eau. Ça fout le camp...

— Ecoute, Michel, qu'est-ce que c'est que cette idée de me réveiller au milieu de la nuit pour me parler des problèmes du couple? C'est la paella qui t'est restée sur l'estomac?

— Je veux savoir pourquoi on n'a pas de problèmes du couple, bon sang!

— Il y a des mauvaises rencontres, c'est tout. A moi aussi, ça m'est arrivé. A toi aussi. Comment veux-tu distinguer le faux du vrai, quand on crève de solitude? On rencontre un type, on essaie de le rendre intéressant, on l'invente complètement, on l'habille de qualités des pieds à la tête, on ferme les yeux pour mieux le voir, il essaie de donner le change, vous aussi, s'il est beau et con on le trouve intelligent, s'il vous trouve conne, il se sent intelligent, s'il remarque que vous avez les seins qui tombent, il vous trouve de la personnalité, si vous commencez à sentir que c'est un plouc, vous vous dites qu'il faut l'aider, s'il est inculte, vous en savez assez pour deux, s'il veut faire ça tout le temps, vous vous dites qu'il vous aime, s'il n'est pas très porté là-dessus, vous vous dites que ce n'est pas ça qui compte, s'il est radin, c'est parce qu'il a eu une enfance pauvre, s'il est mufle, vous vous dites qu'il est nature, et vous continuez ainsi à faire des pieds et des mains pour nier l'évidence, alors que ça crève les yeux et c'est ce qu'on appelle les problèmes du couple, *le* problème du couple, quand il n'est plus possible de s'inventer, l'un l'autre, et alors, c'est le chagrin, la rancune, la haine, les débris que l'on essaie de faire tenir ensemble à cause des enfants ou tout simplement parce qu'on préfère encore être dans la merde que de se retrouver seule. Voilà. Dors. Bon, maintenant, je me suis fait tellement peur que je ne vais pas pouvoir dormir. Allume un peu, que je te regarde pour me rassurer. Ouf. C'est bien toi.

Je riais, et d'ailleurs, il restait encore un peu de cognac dans la bouteille. « *Pendant vingt-cinq années, Michel, je vivais, je respirais, je pensais sans te connaître — et de quoi pouvais-je bien vivre, de quel souffle, qu'est-ce que c'était, des pensées sans toi ?...* » J'apprenais par cœur ces lettres qu'elle m'écrivait du ciel et des escales, « bouts d'éternité », comme elle les appelait, tant elle les trouvait banales. Chaînons immémoriaux, mots survivants, banalités, oui, tu avais raison, banalités élémentaires, comme ces signes de vie que nous allons chercher avec une telle ferveur ailleurs dans le système solaire, a b c toujours menacé d'oubli par les naufragés du sens, vous qui cherchez la profondeur et ne trouvez que des abîmes. J'écoutais la nuit à mon poste de pilotage le murmure fidèle du récitant dans ma poitrine, mais ceux qui ont perdu la mémoire ne sont même plus capables d'entendre notre vieux souffleur. Hommes de haut souci, qui vous demandez pourquoi vous êtes là, ce que tout cela signifie, pourquoi le monde — et que de noms illustres pour crier ainsi leur perte de connaissance ! — ce ne sont point là, comme vous nous faites croire, interpellations de l'univers, ce sont seulement des questions sans lèvres. Il y avait certes des limites physiques, il fallait séparer nos souffles, s'écarter, s'espacer, se lever, se dédoubler, et c'est toujours autant de perdu. Quand on a deux corps, il vient des moments où l'on est à moitié.

— Est-ce que je suis envahissante ?
— Terriblement, lorsque tu n'es pas là.
Je me levai et quittai le miroir.

IV

Je montai au bar et me trouvai au milieu d'une quantité incroyable de Japonais, mais peut-être était-ce de la fatigue. Señor Galba était en scène. Sept caniches tout blancs et un rose étaient assis sur des chaises, les pattes de derrière pendantes, dans des attitudes de demoiselles qui attendent un cavalier à un bal de sous-préfecture. Señor Galba se tenait à gauche, habit, pèlerine noire, chapeau claque, écharpe de soie blanche, plastron étincelant, canne à pommeau d'argent. Il prit un cigare dans son gousset et fit mine de chercher des allumettes. Le chimpanzé entra en scène d'un air affairé, un briquet à la main, et alla offrir du feu à son maître. Señor Galba lui offrit un cigare. Le chimpanzé mordit le cigare et l'alluma. Il aspira la fumée, la savoura et quitta la scène.

— Nom de Dieu, dit un Japonais, à côté de moi.

Je le regardai avec étonnement.

— Jackson est le plus grand chimpanzé depuis le début de l'ère chrétienne, dit le barman.

Señor Galba aspira quelques bouffées de son cigare et fit claquer ses doigts. Le chimpanzé réapparut, s'approcha d'un tourne-disque posé sur une élégante petite table recouverte d'une nappe de velours et appuya sur un bouton. Le paso doble retentit, le chimpanzé se dirigea vers le caniche rose assis parmi les autres caniches et l'invita à danser. Le caniche rose descendit de sa chaise, se dandina un instant sur ses pattes de derrière, le chimpanzé le saisit par la taille et j'avalai très vite deux fines l'une après l'autre, parce que la vue d'un chimpanzé velu et noir et d'un caniche rose dansant le paso doble *El Fuego de Andalusia* me parut d'une irréfutable et cynique dérision. Les Japonais riaient, ce qui ne faisait qu'ajouter des dents blanches au noir. Je m'accoudai au comptoir, le dos tourné à l'insulte, et rencontrai le regard compatissant du barman.

— Ça ne va pas, monsieur?

— Ça ira mieux tout à l'heure, quand ce sera fini.

— Señor Galba considère ce numéro comme l'œuvre de sa vie.

— Parfaitement dégueulasse, dis-je.

— Je suis de votre avis, monsieur.

Je louchai vers l'horreur. Il y avait quelque chose de révoltant, d'outrageant et presque de malveillant dans l' « œuvre » de señor Galba. Que ce fût l' « œuvre de sa vie » ne faisait rien, par son accent sardonique, pour diminuer la dose de cynisme et d'insulte, au contraire.

Le caniche rose et le chimpanzé cavalaient en biais à travers la scène sous les projecteurs, au son clinquant du paso doble *El Fuego de Andalusia*.

— L'être et le néant, dit le barman. Naples au baiser de feu.

— Foutez-moi la paix. C'est déjà suffisamment odieux sans ça.

— Je n'ai encore jamais vu un chimpanzé et un caniche danser le paso doble, c'est une révélation, dit mon voisin japonais, avec un fort accent belge.

Je le regardai.

— Vous êtes d'origine belge ?

— Non, pourquoi ?

— Ça ne fait rien, ça doit être moi. Donnez-moi encore une fine.

— Il ne faut pas avoir peur de regarder au fond des choses, dit le barman.

— Pourquoi l'a-t-il teint en rose, ce clébard ?

— La vie en rose, dit le barman. Un peu d'optimisme.

— Et pourquoi le paso doble ? Il y a pourtant
la valse, le tango, le menuet et puis enfin les
ballets classiques, nous avons quand même le
choix, nom de Dieu !

— Très juste, dit le barman. Ce n'est pas ce
qui manque, en effet. Personnellement, je préfère
les claquettes. Mais señor Galba a l'Espagne dans
le sang. La *fiesta brava*. L'habit de lumière. La vie,
la mort, la *muerte*, tralala.

— *Smrt*, dis-je.

— Pardon ?

— *Smrt*, le long de la jambe, plus venimeux
qu'un venimeux scorpion, et rien d'autre.

— C'est le plus beau numéro de dressage que
j'ai vu dans ma putain de vie, dit avec émotion le
Japonais d'origine belge.

Le barman essuyait un verre.

— Ça se discute. On peut toujours faire mieux.
Il n'y a pratiquement pas de limites. Vous êtes
arrivé trop tard, mais tout à l'heure, il y avait une
autre attraction. Un contorsionniste. Il se tordait
contrairement à toutes les lois de la nature et
parvenait à se lover dans un carton à chapeaux.
On vit, quoi.

Les bouteilles étaient rangées sur fond de
miroir et je voyais le chimpanzé et le caniche
danser sur mon dos. Je voyais aussi mon visage et

il avait à peine changé. On est toujours plus salaud qu'on ne croit.

Je demandai un jeton au barman, descendis au sous-sol et appelai Jean-Louis. Je ne l'avais pas vu depuis sept mois. Je me méfiais de l'amitié qui finit toujours par parler. Yannick ne voulait autour d'elle ni compassion ni peine. Il avait été convenu entre nous qu'en dehors de son frère, personne ne devait être au courant. Il se crée dans ces cas-là chez les amis les mieux intentionnés un cérémonial de timidité, d'anxiété et de gêne que l'on s'efforce de cacher, en même temps qu'une recherche trop délibérée de naturel et de comme-si-de-rien-n'était qui finissent par être insupportables. Pendant dix ans, Yannik avait été hôtesse sur les lignes de l'Inde, du Pakistan et d'Afrique. « Cela m'aurait été plus facile là-bas, me dit-elle. Chez nous, les gens ont perdu l'habitude de mourir. » Nous avons donc décidé de n'embarrasser personne. Il avait bien fallu informer son frère, non qu'il y eût entre eux un attachement profond, mais elle avait beaucoup aimé ses parents et c'était tout ce qui en restait. Un garçon assez insignifiant, étriqué, à aspiration constante de voiture neuve, et parce que Yannick était belle, gaie et heureuse, il me semblait qu'il y avait chez lui une certaine rancune à l'égard de sa sœur, comme si elle lui avait pris sa part d'héritage. Il s'affola, parla d'opérations magiques à mains nues aux Philippines, d'un ami qu'il connaissait dont le père était encore vivant dix ans après, de recherches sensationnelles qui allaient aboutir d'un moment à l'autre et, d'une manière générale, ne voulut rien savoir et se conduisit comme ces mufles qui donnent de l'espoir pour ne pas être dérangés. Il passa également deux jours à l'Institut de radiologie à se faire examiner des pieds à la tête : il avait entendu dire que c'était héréditaire. « Il va s'acheter une nouvelle bagnole pour se consoler, avait dit Yannik. Au fond, je l'ai agressé ». Je m'étais donc peu à peu éloigné de tous mes amis. J'avais demandé un congé de six mois à Air France. A présent, je me trouvais dans le sous-sol du *Clapsy's,* dans un chaos qui était peut-être un signe de miséricorde, parce qu'il me dispensait de m'acquitter de mes obligations envers la réalité.

— Allô, oui...

Je l'avais réveillé.

— C'est moi, Michel...

Une amitié qui s'était forgée en vingt ans, sur toutes les lignes du monde...

— Espèce de salaud, ça fait au moins six mois...

— Si on n'avait pas le droit de laisser tomber un ami, ce ne serait plus de l'amitié...

— Et pourquoi la nuit, s'il te plaît? Après six mois, cela aurait pu attendre encore quelques heures... Ou alors... C'est grave?

— Monique va bien?

— Tout le monde va bien. Qu'est-ce que tu as?

— Elle m'a toujours plaint parce que je ne sais pas pleurer. Elle me disait que je ne sais pas ce qui est bon.

Il se taisait. Je devais avoir une voix en miettes. Elle avait dit : « Orphelin d'une femme... »

— Michel, qu'est-ce qu'il y a? Viens à la maison tout de suite. Tu as disparu comme une pierre au fond de l'eau et maintenant... Qu'est-ce qui se passe?

— Le paso doble. Un singe noir qui danse le paso doble avec un caniche rose.

— Qu'est-ce que tu racontes?

— *El Fuego de Andalusia.*

— Quoi?

— Rien. Absolument rien. C'est ce qu'on appelle un concours de dressage, mais on ne connaît pas les commanditaires. Ils sont assis dans leur Olympe de merde et ils se délectent. A l'impossible tous sont tenus, c'est là leur adage, c'est ce qu'ils exigent de nous. Il y a même un type qui arrive à se lover dans un carton à chapeaux. Un de nos contorsionnistes. Des dieux-singes hideux, assis sur l'Olympe de nos tripes et qui se délectent. Voilà. Je voulais te dire. Nous sommes tous des chefs-d'œuvre sur pied.

— Tu es saoul.

— Pas tellement. J'essaie.

— Où es-tu?

— Au *Clapsy's*.

— Qu'est-ce que c'est que ça?

— Une boîte de nuit mondialement connue.

— Tu veux que je vienne?

— Surtout pas. Je te téléphone pour faire passer le temps, c'est tout. Ça va être bientôt fini. C'est peut-être déjà fini.

— Qu'est-ce que tu fous au *Clapsy's?*

— J'attends une amie qui est dans le besoin. Nous avons créé une société d'entraide. Excuse-moi de t'avoir réveillé.

Jean-Louis se taisait. C'était un vrai pote. Il m'aidait à passer le temps.

— Comment va Yannik?

— Nous nous sommes quittés.

— Ce n'est pas vrai. Tu te fous de moi? Pas vous deux.

— Elle m'a quitté cette nuit. C'est d'ailleurs

peut-être pour ça que je te téléphone. J'avais besoin de le dire à quelqu'un.

— Je ne peux pas le croire. Je vous ai vus vivre ensemble, nom de Dieu... Quoi, douze, treize ans ?

— Quatorze ans et des poussières.

— Je n'ai jamais vu un couple aussi...

— Uni ?

— Enfin, ce n'est pas croyable. Bon, vous avez eu une querelle, mais ne me dis pas que c'est définitif.

— C'est définitif. Elle me quitte. Nous n'allons plus jamais nous revoir.

— Sur quelle ligne elle est, en ce moment ? L'U.T.A. ! Michel ! Allô ! Tu es là, Michel ?

— Oui. Je suis là. Je m'excuse de t'avoir réveillé mais... il n'y avait pas d'autre solution. Nous en avons discuté longuement, calmement. Ça devenait intolérable. Nous avons décidé de finir d'un seul coup. Pas d'agonie, pas de souffrances prolongées. Il y avait aussi un peu de vanité féminine, chez elle. Non : de fierté, tout simplement, de dignité. C'est un point d'honneur, de ne pas se laisser faire. On nous a assez dressés comme ça. Un jour, mon vieux, c'est nous qui le dresserons, l'autre, comment déjà... enfin, un señor Galba quelconque. Il y avait chez elle une part de refus, de... de défi. Il y a un honneur, Jean-Louis. Il y a un honneur humain, je te jure que ça existe. On n'a pas le droit de nous faire ça. Elle ne voulait pas être le bon plaisir de quelqu'un, se laisser piétiner. Bien sûr, on aurait pu tenir encore un peu. Grappiller encore un mois, quelques semaines. En baver jusqu'à l'extrême limite, tous les deux. Mais tu la connais. C'est une femme fière. Alors, il a été convenu que je partirais pour Caracas et qu'elle s'en irait de son côté...

— Il n'y a rien de plus pénible qu'un couple qui se désagrège, qui traîne, alors que ça fait eau de partout... Dans ces cas-là, il vaut mieux finir d'un seul coup.

— Ce qui désagrège un couple finit par le souder encore davantage. Les difficultés qui éloignent finissent par rapprocher ou alors, ce n'était pas un couple. Deux malheureux qui ont fait une erreur d'aiguillage et qui se sont trouvés ensemble...

— Jamais je n'aurais cru que toi et Yannik...

— Moi non plus. C'est un acte contre nature.

— Excuse-moi de te le demander mais... il y a quelqu'un d'autre ?

— Je ne sais pas. Je ne sais pas du tout. Je ne suis pas croyant, tu sais, mais il y a peut-être quelque part une effroyable ordure, je ne sais pas...

— Michel, tu t'en vas en morceaux... Je te demande s'il y a un autre homme dans la vie de Yannik.

Je ne comprenais pas. Je ne comprenais plus. De quoi parlait-il ? Que lui avais-je dit ?

— Excuse-moi, mon vieux, mais... je suis un peu déboussolé. Je ne vois pas très bien de quoi tu parles. Je suis absolument désolé de t'avoir réveillé mais... je suis saoul. Oui, c'est ça, je suis bourré. Je n'aurais pas dû te tirer du lit... Mais c'est la panique...

— La panique, toi ? Tu te souviens, les deux moteurs en flammes ? Il y avait deux cents passagers à bord...

— Oui, mais c'est beaucoup plus difficile quand on n'a personne à sauver...

— Tu es sûr que tu ne veux pas venir ? Tiens, tu peux dire un mot à Monique, elle est là.

— Non, ça va aller, je prends l'avion dans quelques heures... avec une amie. Yannik tenait beaucoup à ce que nous partions ensemble...

— Je ne comprendrai jamais les femmes.

— Ne dis pas de conneries, c'est la seule chose compréhensible et qui ait un sens, ici-bas...

— Elle te quitte, mais elle ne veut pas te laisser seul, c'est ça ?

— Oui, elle sait très bien que je ne peux pas vivre sans elle.

— Et alors, elle t'envoie une amie ? Mon vieux, j'ai onze mille heures de vol, mais pas à cette altitude...

— Je suis un égoïste. Ce qu'on appelle l'égoïsme, c'est aussi vivre pour quelqu'un d'autre, ce qui vous donne une raison de vivre.

— C'est trop compliqué pour moi... Michel ? Tu es là ? Tu as besoin de dormir, mon vieux.

— Non, ça va aller mieux tout à l'heure, j'attends quelqu'un... Je voulais seulement te dire que Yannik...

Mais je n'avais pas droit à un si lâche soulagement. Jean-Louis était un homme hautement responsable. Il aurait immédiatement fait son devoir, appelé police-secours, et au lieu d'un départ de voilier paisible, il y aurait eu encore un mois ou deux d'odieux dressage pour permettre à la mort de se faire les dents.

— ... Je voulais seulement te dire que lorsque tu as tout donné à une femme, ça devient inépuisable. S'imaginer que tout est fini parce qu'on a perdu la seule femme que l'on ait aimée, c'est un manque d'amour. Il y a en moi une part aux abois... et une part de confiance. C'est indestructible. Elle reviendra.

— Je te l'ai dit depuis le début.

— Elle reviendra. Bien sûr, elle ne sera plus tout à fait la même. Elle aura un autre regard, un autre physique. Elle s'habillera autrement, quoi. Il est normal, naturel, qu'une femme change. Qu'elle change d'apparence, qu'elle ait des cheveux blancs, par exemple, une autre vie, d'autres malheurs. Elle reviendra. Bon, il se peut que je chante seulement dans la nuit pour me donner du courage. Je ne sais plus très bien. Je suis un peu sonné. Je t'ai appelé et je te parle parce que je suis incapable de penser, et les mots sont justement là pour nous dépanner. Les mots sont des espèces de ballons d'air qui te permettent de flotter à la surface. Je te téléphone pour essayer de me trouver au bout du fil. Yannik n'est plus là et tout autour de moi est devenu femme. Ce n'est pas fini. Je ne suis pas fini. Quand un homme est fini, cela veut dire surtout qu'il continue. Il existe un nazisme qui n'est pas seulement celui des nazis, une oppression qui ne s'appuie sur aucune police, une résistance qui n'est pas seulement celle des armes à la main. Des dieux-signes dansent sur notre dos, invisibles, sous couvert de destin, de fatalité, d'aveugle hasard, et nous versons nos vies pour leur donner à boire. Peut-être se réunissent-ils chaque soir, regardent en bas et discutent la qualité du programme. Ils ont besoin de rire, parce qu'ils ne savent pas aimer. Mais il y a un drapeau humain, il y a un honneur. Il est fait de refus du malheur, de refus d'acceptation. C'est de cela que je te parle, de cette lutte, une lutte pour l'honneur. Je me souviens avec quelle fierté Yannik écoutait le docteur Thénon lorsqu'il lui disait que la leucémie des êtres jeunes, la maladie de Hodgkin et tant d'autres formes du mal ont déjà été vaincues : il ne s'agissait pas d'elle, il s'agissait de nous. De *nous*. Je ne sais pas si tu sens ce que ce mot veut dire, comme courage, espoir, et fraternité. Nous leur arracherons les dents et les ongles, nous les ferons pourrir sur leur fumier d'Olympe et de leur charogne nous ferons un feu de joie... Allez, salut, vieux, on se reverra un jour.

— Michel !

Je passai aux toilettes et me versai de l'eau froide sur la figure. Je fus encore une fois surpris par la vue de mon visage dans la glace : il n'avait rien à voir avec mes décombres. Ce n'était pas un visage de vaincu. Marqué par la fatigue, mais au fond des yeux il restait encore quelque chose. Je ne dis pas : quelque chose d'invincible. Et pourtant, peut-être y a-t-il invincibilité. Les hommes oublient toujours que ce qu'ils vivent n'est pas mortel.

V

Je remontai l'escalier et me retrouvai dans l'obscurité enfumée des projecteurs verts, rouges et blancs qui cueillaient des galaxies de poussière. Elle n'était pas encore là. Deux femmes nues faisaient sur scène un numéro de lesbiennes, mais restaient loin du compte. La vraie obscénité était ailleurs. Le barman me tendit un verre d'eau et, sur une soucoupe, deux cachets.

— De l'aspirine, monsieur ?

— Je n'ai pas besoin de charité chrétienne.

Je ne l'ai pas vue venir. Elle tenait encore les clés de la voiture à la main. Inquiète et comme en colère, car sans doute ne se comprenait-elle pas. Le jeune homme en veste mauve qui, pour la circonstance, faisait office de barman, mais qui devait lui aussi avoir une autre vie, attendait, attentif et discrètement prometteur.

— J'ai eu le plus grand mal à me garer et...

— Tiens. Et moi, je suis sûr qu'il y avait une petite place providentielle entre deux voitures...

— Comment avez-vous deviné ?

— Je suis un lutteur-né. Maître de moi-même comme de l'univers...

Elle me sourit avec une amitié qui ne parut pas aller à moi mais à mon enfance.

— C'est gentil de m'avoir appelée...

— Une femme qui écoute de la musique dès qu'elle est seule, il n'y a rien de plus urgent.

— J'adore les confidences, dit le barman.

— S'il y a une chose dont j'ai horreur, c'est un barman saoul, fit derrière moi une voix très italienne. Valet, du champagne !

Le nez avait encore pris de la hauteur.

— Lydia, je vous présente mon vieil ami, señor Galba...

— Nous nous sommes déjà vus, dit Lydia.

— Je ne bois jamais en dehors des heures de service, dit le barman.

— C'est un bon petit, dit señor Galba. Il envoie toutes ses économies à maman. Une âme délicate, tendre et sensible...

— Je me plaindrai à la direction, dit le barman.

— Venez donc dans ma loge. Je serai enchanté de vous tenir compagnie. J'ai horreur des adieux.

68

Ce chien... enfin, je ne veux pas vous ennuyer avec mes histoires personnelles... J'attends le vétérinaire.

— Est-ce que je peux exprimer une opinion? demanda le barman.

— Vous êtes bien jeune, dit señor Galba.

— Je pense que vous devriez faire piquer ce clebs. C'est un service à lui rendre. L'autre jour, quand vous avez eu un malaise en scène, il a pissé de peur. Il en a marre de vous attendre. Vous devriez le faire piquer.

— S.O.S., S.S., dit señor Galba.

Il prit la bouteille et s'éloigna, la tête haute.

— Il est vénitien, dit le barman. Comme les polichinelles de Tiepolo...

— Allons-nous-en, dit Lydia.

J'étais tourné à ce moment-là vers ce côté du noir où le mot *sortie* brillait de sa lueur verdâtre dans la fumée. Deux hommes venaient d'entrer et me dévisageaient.

— Oh non! dis-je.

Je leur tournai le dos.

— Police, dit le barman.

Il me tendit une feuille et un Bic.

— Est-ce que je peux vous demander un autographe, monsieur? Je ne savais pas que j'avais l'honneur de parler à quelqu'un d'important...

Ils étaient déjà là.

— Michel, ça alors... On te croyait disparu...

— J'essaie, j'essaie...

— Comment va Yannik ?

— J'ai refait ma vie. Permettez-moi de vous présenter...

— Madame...

— Messieurs...

Ils souriaient avec indulgence. J'étais saoul, sympa et drôle. Tout à l'heure, l'un d'eux allait dire : « Ce sacré Michel... »

— Et vous ? Les affaires vont bien, Robert ? Comment va Lucette ? Et les enfants ? Et toi, Maurice ? Tu te maintiens en forme ? Il faut, il faut. Lydia, permettez-moi de vous présenter deux hommes d'affaires éminents qui ont des soucis d'investissements, de rentabilité, de T.V.A. et de fiscalité. Ça fait des années que je les connais, alors, vous devinez le bonheur que j'éprouve à les revoir. Vous avez raté un numéro prodigieux, un caniche et un chimpanzé dansant ensemble, mais avec un peu de patience, vous les verrez, ils repassent encore une fois vers deux heures. Il y a aussi un homme qui essaie de se rouler en boule dans un carton à chapeaux, et qui y arrive, car il faut bien vivre. Vous verrez peut-être dans mon agressivité un signe d'impuissance, mais je vous regarde et un vers immortel de Lamartine me vient à la mémoire : *Un seul être vous manque et tout est surpeuplé...*

Ils étaient gênés, mais je sentais que j'avais la sympathie du barman. Il y avait un nouveau numéro en scène et ils en profitèrent pour s'éloigner. Pendant quelques instants, la sono vint tout assourdir et puis je sentis une main autour de la mienne comme un souvenir d'enfance. Je me tournai vers ce regard qui comprenait. Il y avait la tristesse et il y avait le sourire. C'était une habituée.

Nous sommes montés dans sa voiture. Je me taisais. Pauvre chère « pudeur virile » qui vous serre les mâchoires... et la gorge.

— Pourquoi ne m'avez-vous pas dit... plus tôt ?

— Il y en avait déjà bien assez chez vous, Lydia. Il n'y avait plus de place.

— Vous ne savez donc pas que le malheur des autres, parfois, ça console ?

— Il y a du vrai, mais je ne crois pas que ce soit votre genre de beauté.

— Il était convenu entre vous que vous partiriez loin mais vous n'avez pas eu la force de vous éloigner... Vous êtes resté ici... à rôder autour d'elle. Et tout ce que vous me demandez, c'est de vous aider à... à traverser. A passer cette nuit. Vous aviez besoin d'une présence féminine à vos côtés. Le hasard a voulu que ce fût moi. Non, ne protestez pas, je ne vous en veux pas le moins du monde. Au contraire. Cela m'est... proche. Mais pourquoi n'êtes-vous pas parti ? Elle voulait vous épargner. Ou peut-être avait-elle peur que si vous étiez près, elle n'aurait pas le courage... Non, je ne le crois pas. C'était... c'est sûrement une femme courageuse. A quelle heure a-t-elle...

Je voyais la montre lumineuse du tableau de bord.

— Je ne sais pas. En ce moment même.

— Avec... avec quoi ?

— Comme pour dormir. Je ne sais pas combien de temps il faut pour...

— Vous aviez besoin d'oubli... et ce fut moi.

— C'est ça. Vous l'avez dit. J'avais besoin de me distraire. Penser à autre chose. Me changer les idées. Alors, n'importe quoi. Señor Galba, le paso doble, vous... Je suis vraiment un salaud.

Elle réfléchissait.

— Combien de temps vous reste-t-il à tuer ?

— La femme de ménage vient à huit heures. Elle a la clé. Nous pourrions traîner dans quelques boîtes, faire l'amour, nous montrer les photos, et puis aller prendre le petit déjeuner... Il y a justement un bistro sympa juste en face de chez nous. Dès que les magasins ouvriront, nous achèterons des fleurs. Vous me demanderez quelles étaient ses fleurs préférées et je vous dirai : « Toutes. » En attendant... Vous n'auriez pas *L'Officiel des spectacles ?* On pourrait aller chez les travestis. Ou alors retourner au *Clapsy's.* Vous avez raté le plus beau numéro du monde. Le paso doble. Il faut voir ça. C'est le dernier mot. Le dernier mot sur tout ça, depuis que ça tourne. Ou aller directement à Roissy et prendre le premier avion, tous les deux. Parce que c'est une histoire d'amour, Lydia, et donc ça ne peut pas finir. J'ai trop aimé une femme pour que cela puisse être perdu.

Je ne voyais d'elle qu'un profil un peu dur, aux traits droits, sous des cheveux de blancheur.

— Non, Michel. Je sais bien que la foi soulève les montagnes, mais quelquefois ça ne donne rien d'autre que des montagnes à soulever. Le messianisme de la féminité, finalement, cela revient à quoi ? A aider un homme à vivre. Je n'ai pas la vocation.

— Pourtant vous êtes là.

— Est-ce qu'il ne vous est pas venu à l'idée que j'essaie... d'oublier, moi aussi ?

Une prostituée sortit de l'hôtel en face du *Clapsy's*. Elle aperçut un couple silencieux qui attendait dans la voiture et vint vers nous avec la conviction d'une longue expérience.

— Je vous emmène?

— Non, merci, dis-je. Ça va mal, mais pas à ce point.

— Ecoutez, enfin, quand même, dit Lydia.

— Excusez-moi.

— Il n'y a pas de mal.

— C'est fréquent, par ici.

— Ah?

— Et puis, j'ai un client qui aurait dû être là depuis un moment et qui n'est pas venu. Il fait un numéro de chiens savants au *Clapsy's* et entre deux séances, je lui tiens compagnie. Il ne supporte pas d'être seul. Il est cardiaque et il a tout le temps peur de mourir. Il faut toujours que quelqu'un soit là. Je ne sais pas ce qu'il s'imagine, vraiment.

— C'est une superstition mexicaine, dis-je.

— Ah bon, je ne savais pas.

— Oui, la mort attend que vous soyez tout à fait seul pour entrer.

— C'est mexicain, ça?

— Indien. Les Indiens Zapotèques. Région de San Cristobal de Las Casas. Très beau pays.

— Il ne m'a pas dit qu'il était mexicain.

— Non, il est italien. Mais on prend son espoir là où on le trouve.

— Je ne savais pas. Bon, excusez encore...

— Il n'y a pas de mal.

— Bonne nuit.

— Bonne nuit.

Elle s'éloigna, en balançant son sac à main.

— On devrait peut-être attendre dans un quartier plus convenable, dis-je, pieusement.

Lydia avait mis la clé de contact et restait penchée en avant, la main sur la clé, regardant devant elle, et je sentais qu'elle réglait des comptes avec elle-même. Profil de femme aux cheveux blancs, regard d'homme inconnu, couple mythologique, musée d'Histoire naturelle. Jamais, sans doute, depuis notre rencontre, nous ne nous étions sentis si proches : nous avions en commun un sens aigu de l'illusoire.

— Vous avez parlé tout à l'heure d'entraide, cher monsieur. J'accepte votre offre. Il y a entre nous impossibilité : nous pouvons la partager. Je ne sais pas ce que j'aurais fait sans vous, au cours de ces dernières quelques heures. Je vais vous faire voir ça de plus près. J'aime un homme que je n'aime plus et j'essaie donc de l'aimer encore plus fort...

— Je ne vous demande rien.

— Ça m'est égal, ce que vous me demandez ou ce que vous ne me demandez pas. Il s'agit de moi, maintenant. La fin du monde, ce n'est pas seulement chez vous. C'est chez nous tous. Alors, on continue. Il n'y a pas de quoi fouetter un chat. Je vais vous présenter à mon mari.

— Je n'ai aucune envie d'entrer dans ces détails.

— Ça va, ami. Je sais déjà que vous pouvez être drôle. Je vais faire quelque chose pour vous. Je vais vous montrer comment c'est chez les autres. Il est temps que vous vous sentiez... moins unique.

L'Opéra, boulevard Haussmann, Malesherbes. Tout ce qu'il me fallait, c'est un mari. Elle se taisait avec une sorte de résolution hostile, comme si elle avait hâte d'en finir.

— Vous m'aviez dit que votre mari était mort.

— Je sais très bien ce que je vous ai dit. Vous m'avez déclaré au téléphone : « Je vous dois une explication... » Moi aussi, je vous en dois une. Après tout, j'ai couché avec vous. Et dès que vous m'avez appelée, je suis venue. Vous voyez que j'essaie, j'essaie, moi aussi...

— Je ne vois pas pourquoi j'irai regarder votre

mari au fond des yeux à une heure si tardive, dis-je.

— Vous vous sentirez mieux, après.

C'était un immeuble cossu boulevard Malesherbes. Nous montâmes au quatrième dans un ascenseur distingué que nous avons dû réveiller alors qu'il rêvait du temps des équipages. J'ouvris la porte et l'arrêtai entre deux étages. Je m'assis sur la banquette recouverte de peluche écarlate.

— On est bien, ici, non ? Je crois que j'ai un côté canaille : j'ai encore envie d'être heureux. Evidemment, il y a l'épuisement, les nerfs qui craquent et... vous. Je ne sais pas ce que c'est, la féminité. Peut-être est-ce seulement une façon d'être un homme. Mais un homme libre de femme, une femme libre d'homme soufflent dans leur moitié de vie jusqu'à ce que ça s'enfle et prenne toute la place. Le malheur fait bien sa propagande : indépendance, indépendance. Hommes, femmes, pays, nous avons été à ce point infectés d'indépendance que nous ne sommes même pas devenus indépendants : nous sommes devenus infects. Des histoires d'infirmes, de mutilés qui se rattrapent : ils érigent l'infirmité et la mutilation en règle de vie. Bravo. Qu'on leur donne l'Ordre du Mérite pour services rendus à la respiration artificielle. Nous avons remporté déjà de tels triomphes contre la nature que l'on peut très bien décréter que l'asphyxie est la vraie manière de respirer. La seule valeur humaine de l'indépendance est une valeur d'échange. Quand on garde l'indépendance pour soi tout seul, on pourrit à la vitesse des années-solitude. Le couple, Lydia, et tout le reste n'est qu'accouplement. Le couple, cela signifie un homme qui vit une femme, une femme qui vit un homme. Vous me demanderez alors pourquoi je ne me suis pas allongé à côté d'elle, pourquoi je ne l'ai pas prise dans mes bras et recueilli sur mes lèvres son dernier souffle. J'aurais pu aussi la suivre jusqu'au bout et mourir avec elle. Mais elle voulait rester vivante et heureuse et cela veut dire maintenant vous et moi.

— Vous êtes saoul comme il n'est pas permis de l'être.

— C'est ça. Et demain, dans deux jours, dans un mois, je vous regarderai et je vous demanderai : « Qu'est-ce qu'elle fait là ? » Si vous le croyez vraiment, c'est que vous n'avez pas besoin d'une raison de vivre. Vous n'avez pas encore été assez vaincue. Nous pouvons échouer, vous et moi : je sais qu'il est difficile de faire un navire de haute mer avec les débris de deux naufrages. Mettons alors que vous avez ramassé dans la rue un homme sans connaissance. Vous l'avez aidé à passer la nuit et le lendemain, vous l'avez quitté, car à l'impossible nul n'est tenu. Mais je ne crois pas que vous manquiez à ce point de faiblesse et de désespoir. Bon, il y a des infirmes qui se sentent entiers sans femme, et des mutilées qui se sentent entières sans homme. Cela signifie seulement que nous sommes capables de tout, ce qu'on savait déjà avant Hitler. Et je ne vous dis pas que l'on ne peut pas vivre sans amour : on peut, et c'est même ce qu'il y a de si dégueulasse. Les organes continuent à assurer la bonne marche physiologique et le simulacre peut se prolonger longtemps, jusqu'au moment où la fin du fonctionnement rend le cadavre légitime. On peut aussi chercher refuge et oubli dans la sexualité et vivre d'arrêts d'autobus. Dites alors : « Le pauvre, c'est la deuxième nuit qu'il ne dort pas et il délire. » Faites preuve de prudence, c'est toujours une bonne excuse. Ou partez avec moi demain. Ne faites pas la bêtise de passer à côté par excès d'expérience. Partez avec moi, donnez une chance à l'impossible. Vous n'avez pas idée à quel point l'impossible en a marre et à quel point il a besoin de nous.

Elle observait amicalement ce croyant hagard, assis sur la banquette d'un ascenseur arrêté entre deux étages.

— Je suis comme vous capable de vivre d'ex-
pédients, Michel. C'est pourquoi nous sommes
ensemble cette nuit. On méconnaît terriblement
la durée de l'éphémère. J'ai les cheveux blancs et
cela vous apprend à ne plus demander des années
aux heures. Partez seul pour Caracas demain et je
me mettrai à croire aux rencontres.

Elle ferma la porte et appuya sur le bouton du
quatrième.

— Voilà, c'est ici. Je ne sais comment vous
allez me juger et je vais sans doute vous paraître
cruelle, mais il était grand temps que nous
fassions connaissance.

VI

Je m'appelle Michel Folain. Mes parents étaient irlandais, notre nom était O'Folaïn, mais je suis né en France et ça s'est arrangé. Je suis pilote de ligne, je mesure un mètre quatre-vingts, j'ai quarante-cinq ans, je suis debout sur le palier du quatrième étage d'un immeuble boulevard Malesherbes, à côté d'une femme qui existe vraiment, elle aussi. Tout cela est sûr, certain, vécu, et l'impression d'irréalité que j'éprouve est parfaitement normale, elle est due justement à un excès de réalité. Je n'ai aucune raison d'être ici plutôt qu'ailleurs, ce sont ce qu'on appelle les « circonstances », les hasards d'une dérive et d'une main tendue. Il n'y a pas dans la vie de pilote automatique.

Je remarquai sur le mur le petit cylindre métallique, la *misusa,* que les Juifs croyants clouent à l'entrée de leur demeure pour que Dieu puisse reconnaître les siens et aller frapper ailleurs.

La porte s'ouvrit sur le visage d'un serveur en veste blanche et un bruit de fête.

— Monsieur... Madame...

— Lydotchka ! Comme je suis heureuse !

Une vieille dame à la fois carrée et ronde venait à nous les bras ouverts et regardait Lydia avec un sourire où tout était bonheur dans le meilleur des mondes. Elle avait des cheveux très noirs, partagés par une raie et réunis en un chignon surmonté d'un magnifique peigne d'écaille. Elle était vêtue avec une élégance qui allait de Chanel aux bagues, bracelets et grandes boucles d'oreilles en cercle d'or, et devait avoir plus de soixante-dix ans.

— Lydotchka, ma chérie, ma chérie !

Elle prit la main de Lydia et la garda dans les siennes avec un air d'émotion, de ravissement et de ferveur que vinrent souligner à point les trémolos de violons tziganes. Un maître d'hôtel passa avec un plateau de caviar. Il y avait aux murs des affiches de concerts qui s'étaient tus depuis longtemps : Stravinski, Rachmaninov, Braïlovski, Bruno Walter, et des photos de chanteurs en costumes d'opéra et de virtuoses en habit que je ne connaissais pas, mais qui avaient des airs illustres.

— Il était inquiet, très inquiet... Il t'a téléphoné ce matin, comme d'habitude... Nous pensions que tu n'allais plus venir...

— Bonsoir, Sonia. Michel Folain, un ami... Mme Sonia Towarski...

Elle s'empara de nos deux mains.

— Un ami de Lydia ? Comme je suis heureuse !

— Nous nous sommes rencontrés à Caracas, dis-je.

— Je vous préviens, Sonia, qu'il est passablement ivre.

— Mais il faut, il faut ! Il faut boire ! Il faut vivre ! Il faut être heureux ! Nous disons en Russie : « Que ta coupe soit toujours pleine ! »

— *Pirojkis !* dis-je. *Aï da troïka ! Volga, Volga ! Otchi tchiornyïe ! Koulebiak !*

La vieille dame était émerveillée.

— Mais... il parle russe ! Vous êtes... vous êtes russe ! Non, non, ne niez pas ! J'ai tout de suite senti quelque chose ! Quelque chose de... *rodnoïe !*

— Pardon ?

— *Rodnoïe !* Quelque chose de... nôtre ! Lydia... il est russe !

— Merde, dit Lydia.

— Il n'y a presque plus de Russes à Paris ! dit

la vieille dame. Ils ont tous été déportés en 1943, après cette rafle, vous savez... Le Vélodrome d'Hiver ! Mon mari n'est pas revenu. Venez, nous allons arroser ça. Lydotchka, c'est tellement gentil de l'avoir amené... Je suis sûre que vous serez heureux ensemble...

Je vis Lydia frémir. Je ne comprenais rien et appréciai vivement cet état de choses.

— Ça suffit, Sonia. Je vous ai volé votre fils, je sais. Mais le bon Dieu vous l'a rendu. Il y a un bon Dieu pour les mères. Vous avez eu de la chance.

La vieille dame rayonnait de bonté.

— Comment peux-tu dire des choses pareilles, Lydia ? Il ne faut pas, il ne faut pas...

Elle m'expliqua :

— Nous sommes juifs, vous savez.

Je m'inclinai.

— Enchanté.

Je me demandais si c'était une stéréo qu'on entendait ou si c'était vivant. Balalaïka, guitare, violon. J'aime.

— Il ne faut pas parler ainsi, Lydotchka. Dieu est bon. Il voit nos cœurs. Dieu est juste... Excusez-la, elle est très malheureuse...

— Il n'y a pas de mal, la rassurai-je. Je suis ici incognito.

Lydia eut un rire légèrement hystérique. Je menais aux points.

— Venez. Je vais vous présenter à nos amis. C'est l'anniversaire de mon fils. Donnez-moi votre manteau... Je suis si heureuse que vous ayez pu venir, tous les deux...

— Sonia est d'un naturel invincible, dit Lydia.

Je m'aperçus que je n'avais plus mon sac de voyage.

— Eh bien, vous avez réussi à oublier quelque chose, dit Lydia.

Il y avait toute la Sainte Russie sur les murs : un rabbin de Chagall, une collection d'icônes, les portraits de Tolstoï et de Pouchkine, des tapisseries du Caucase avec des poignards croisés. Il ne manquait que le chachlik et le bœuf Strogonoff, mais ça devait être à l'intérieur.

La vieille dame suivait mon regard.

— Mon mari était originaire de Tiflis. Les pétroles de Bakou.

— Les bolcheviks ont tout pris, dit Lydia.

Nous entrâmes. Une enfilade de trois salons pleins de monde et il ne manquait qu'Arthur Rubinstein. Tous les visages me paraissaient connus, peut-être parce qu'ils étaient tous très âgés et que ce que je croyais reconnaître était la manière du temps, qui a toujours la même facture. Trois jeunes gens en blouses russes, bottes et *charavary* jouaient des airs de blinis et de côtelettes Pojarski. Chaque fois que j'étais présenté, la vieille dame ajoutait sur un mode confidentiel : « Un ami de Lydia » et Lydia serrait les dents, comme s'il y avait là quelque méchanceté secrète. On parlait beaucoup musique et c'était Braïlovski, Piatigorski et Rostropovitch. Je fus reconnu par un petit monsieur chauve qui me prit pour quelqu'un d'autre. Il me demanda si j'avais des nouvelles de Nicolas et je lui répondis que c'était de plus en plus difficile.

— Oui, dit-il, en hochant la tête. Il a beaucoup changé. C'est un métier impossible. Moi-même qui vous parle...

Il soupira et but un peu de champagne.

— Et puis, tout change si vite, remarquai-je.

Il me serra le bras.

— Je sais, je sais, mais c'est la continuité qui a toujours le dernier mot. Le reste ne fait que passer. Que faites-vous en ce moment ?

— J'attends que ça passe, c'est tout.

— Comme je vous comprends. Jamais l'époque n'a été plus difficile pour le vrai talent.

— C'est le règne de la facilité.

— Très juste.

— Il n'y a plus de critères, dis-je.

— Mais ça reviendra. L'art a toujours su attendre.

— Vous connaissez señor Galba ?

— J'avoue que... Galba ?

— Galba.

— C'est un abstrait ?

— Non : un illustratif. Une vision très personnelle de la vie et de la mort. C'est un peu cruel, un peu brutal mais...

Il médita.

— Je n'aime pas beaucoup l'art du coup de poing dans la gueule. J'ai horreur de tout ce qui tue la sensibilité.

— Je ne suis pas d'accord. Parfois, tuer la sensibilité, c'est une question de survie.

J'avalai trois whiskies coup sur coup en retenant le serveur par le bras et remettant sur le plateau les verres vides. Sonia me menait d'un groupe à l'autre.

— Venez, Michenka, venez...

Je n'avais encore jamais vu un sourire aussi immuable et je me demandais si elle l'enlevait pour dormir.

— Vous connaissez Lydotchka depuis longtemps ?

— Oh, depuis des siècles !

Elle me serra le bras.

— Je suis tellement heureuse...

— Vous êtes heureuse pourquoi, au juste, madame ?

— Appelez-moi Sonia.

— Vous êtes heureuse pourquoi, Sonia ? Je ne veux pas être indiscret, mais il y a peut-être des raisons d'être heureux que je ne connais pas et...

Elle m'observait avec une sorte d'antipathie rayonnante. Je fus exhibé à une dame chez qui tout était noir, les yeux, les cheveux, le bandeau de velours sur le front, un autre autour du cou, les boucles d'oreilles, la robe, les bagues et le sac à main à paillettes.

— Vous connaissez naturellement...

Je n'avais pas mis les pieds à Pleyel depuis des années et je cherchai à deviner si c'était le piano ou la harpe. Elle m'écrasa la main, toutes dents dehors, et dit à Sonia d'une voix de basse qu'elle retournait le lendemain aux Etats-Unis pour le bicentenaire.

— C'est une élève de Chaliapine ?

— Ah, Michenka, il ne faut pas être méchant...

Je bus encore deux whiskies en cherchant Lydia, qui avait disparu, et vis une fillette aux yeux immenses qui m'offrait gravement une assiette de viandes froides. Il n'y avait pas d'air. Le lustre étincelait. On allait donner la trilogie de

Wagner au Palais Garnier. Quelqu'un connaissait bien Rolf Liebermann. Quelque chose était un scandale. Bayreuth était tombé à gauche. Quelqu'un n'était plus ce qu'il était. Il y avait trop de galeries de peinture. Si Berenson voyait ça, il se retournerait dans sa tombe. Il n'y avait plus d'hôtels nulle part. Tous les opéras se l'arrachent. Quelqu'un l'avait toujours dit. La fillette au regard grave revint avec du gâteau au chocolat, c'était la fille de la concierge portugaise. Sonia lui donna un baiser sur le front. Jamais les églises en Russie n'avaient refusé tant de monde. Il aurait mérité le premier prix. Noureiev, Makarova, Barychnikoff. Quelqu'un était le plus grand. Il fallait s'attendre à tout. Retenez bien ce nom, je me trompe rarement. J'aperçus Lydia qui me faisait des signes à l'autre bout du salon, je tentai d'arriver jusqu'à elle en m'excusant, il n'y a plus d'architecture, c'est la femme de Mao qui gouverne la Chine, le Metropolitan et la Scala sont au bord de la faillite.

— Alors, Michel, ça vous a fait du bien ? Vous vous sentez... moins seul ?

Elle avait un peu bu.

— Vous avez parlé à Sonia ? On vous a dit que je n'avais pas de cœur ?

— Elle a un sourire assez implacable.

Lydia paraissait exténuée. Autour des yeux, tout était ombre. Même le lustre-gorille n'arrivait pas jusqu'à ces grottes.

— Je n'en peux plus. Oui, c'est mon tour. Je ne sais pas ce que j'aurais fait si je ne vous avais pas rencontré. Je n'ai plus aucune envie de vivre.

— C'est la plus vieille façon de vivre.

— Je n'aurais pas dû vous faire venir ici.

— Pourquoi ? Ça fait passer le temps.

— ... Mais j'avais promis d'être là. Sonia est une femme très déterminée. Elle a pris une fois pour toutes le parti de tout avaler. Avec enthousiasme, parce que c'est Dieu qui présente le plat. Elle a eu tant de malheurs dans sa vie qu'elle ne peut plus qu'être heureuse. Et puis... Nous sommes juifs, vous savez, depuis très, très longtemps... Alors, il vient un moment où c'est déjà une victoire...

Un serveur nous tendait une assiette de petits fours. Je pris un baba au rhum.

— Je vais peut-être partir avec vous demain, si vous le voulez bien. Vous allez voir Alain et vous comprendrez pourquoi je me suis accrochée à vous...

— Vous vous êtes accrochée à moi ? *Vous ?*

J'ai même réussi à rire.

— Oui, moi. Quand vous m'avez bousculée

dans la rue et que nous nous sommes regardés...
Oh, vous savez ce que c'est : il suffit d'être
désespéré et on est prêt à croire n'importe quoi...

— La vie se défend toujours...

— Bon, et puis je me suis détournée de vous
avec beaucoup de comme il faut. Mais vous
n'aviez pas d'argent pour payer le taxi, vous étiez
désemparé et de nouveau, ce moment d'absurde
espoir... Vous paraissiez traqué, à bout de forces...

— Bref, une aubaine...

— C'est merveilleux, pouvoir aider quelqu'un
quand on a soi-même besoin de secours... Je vous
ai donné mes nom et adresse, je suis partie, je me
suis jetée sur le lit, j'ai pleuré et... j'ai attendu. Il
va venir, il va venir, je veux qu'il vienne. Comme
à dix-sept ans. Il ne faut pas se fier aux cheveux
blancs, à la maturité, à l'expérience, à tout ce
qu'on a appris, à tous les coups qu'on a pris sur la
gueule, à ce que murmurent les feuilles d'au-
tomne, à ce que la vie fait de nous quand elle
essaie vraiment. Ça reste intact, c'est toujours là
et continue à croire. Vous êtes arrivé, mais je fus
prise de... d'impossibilité. J'ai reçu ce qu'on
appelle une bonne éducation : celle qui nous
entoure de barrières. Il faut un vrai coup de tête
pour les faire tomber. Je vous ai jeté dehors.

Heureusement, vous étiez vraiment aux abois et vous êtes revenu... j'ai couché avec vous.

Elle eut un piètre sourire.

— ... Oh, très mal. J'étais bloquée, frappée d'interdit. Jouir, vous vous rendez compte... Depuis la mort de ma petite fille, je passe mon temps à me prouver que je n'ai pas le droit d'être heureuse. Coucher pour *vous,* il y avait encore une excuse, c'est un don, un sacrifice, et presque moral, mais coucher pour *moi*... Brr. La morale est une vieille tordue. Jouir avec un type qu'on ne connaît pas, c'est de la névrose. Une hystérique. La frigidité, c'est lorsque la morale et la psychologie couchent ensemble. Quand on a perdu sa raison de vivre et qu'on essaie quand même, on se sent coupable...

Elle s'interrompit, soudain, et parut effrayée.

— Mon Dieu, Michel, j'oublie que...

— Moi aussi, dis-je. Mais c'est très bien. Yannik voulait que je m'éloigne. Je suis allé un peu plus loin que Caracas, et voilà tout.

Il y eut encore un plateau de zakouskis mais il venait après les petits fours et je le fis remarquer sévèrement au serveur.

— C'est le bordel, quoi.

Il haussa les épaules.

— Non, mais que voulez-vous, c'est une soirée russe.

Une dame d'un autre âge vint embrasser Lydia parce qu'elle partait demain pour Salzbourg. Sonia remorqua jusqu'à nous les trois musiciens et ils nous jouèrent *Kalinka*. Je me demandais s'il y avait, en dehors des semelles, un destin plus piteux que celui d'une chanson tzigane.

— Ce sont en réalité des Allemands de l'Est, me glissa à l'oreille Sonia, radieuse. Ils ont franchi le mur sous le feu des mitrailleuses. Des réfugiés, comme nous.

Elle leur fit servir de la vodka. La princesse Golopoupoff demandait où étaient les toilettes. Elle tenait un griffon sur son sein et était italienne. Sonia m'expliqua que son mari avait tout perdu trois fois. Un vieil homme au dôme immense me parla de Keyserling, de Coudenhove-Kalergi, de Thomas Mann, et l'attaché culturel allemand allait d'un groupe à l'autre, invitant tout le monde à une réception à l'ambassade d'Allemagne.

— Je vous remercie, mais vous vous trompez, lui dis-je, lorsque ce fut mon tour. Je ne suis pas juif.

Il parut étonné, me regarda comme s'il me soupçonnait de mentir, et Lydia eut le fou rire.

Un Français extrêmement soigné, orné d'un nœud papillon, me dit qu'il ne connaissait personne ici et qu'il avait été invité parce qu'il était directeur des théâtres lyriques. Il y avait une collection d'œufs peints sur une étagère. Quelqu'un réclama le silence et Sonia lut un télégramme : Rubinstein s'excusait, il n'avait pas pu venir. Je ne comprenais pas pourquoi le mari n'était pas là, puisque c'était son anniversaire. Peut-être y avait-il d'autres salons comme celui-là, avec une foule d'invités encore plus agréables. D'autres buffets, d'autres tziganes, d'autres divertissements, d'autres miroirs. Comment, ma chérie, vous partez déjà ? Venez, il faut *absolument* que je vous présente... Elle *meurt* d'envie de vous connaître... Je pris la coupe de champagne que Lydia portait à ses lèvres et la lui retirai.

— Pourquoi ? Pourquoi vous et pas moi ? Moi aussi, j'ai besoin de courage.

— Nous partons dans quelques heures. Vous avez sûrement des affaires à mettre en ordre. Vous avez assez bu.

— Mon mari a encore essayé de se jeter par la fenêtre, hier. Pourtant, il a un garde du corps qui ne le quitte pas. Il y a là une question d'éthique : faut-il laisser la fenêtre ouverte ou non ? A quel moment est-on sans pitié : quand on a des principes ? Que veut dire : respect de la vie, quand la vie ne respecte rien ni personne ? Je n'ai pas le droit de décider... Car je ne sais vraiment plus, si je l'aidais à mourir, si ce serait pour lui ou pour moi-même...

J'allai chercher une bouteille de champagne et, non sans soulagement, me sentis enfin chez les autres. Un mari qui a un garde du corps parce qu'il essaie de se jeter par la fenêtre alors qu'on fête son anniversaire, une maman radieuse qui hait sa belle-fille des pieds à la tête, *aï da troïka*, un directeur des théâtres lyriques, une femme aux cheveux blancs qui aidait une autre femme à mourir, goûtez donc ce gâteau, Michenka, je l'ai fait moi-même, il faut sauver l'Opéra, Nice est aujourd'hui une ville où les vieillards vont finir leur vie auprès de leurs parents, vous avez toujours le mot pour rire, figurez-vous que j'ai pris mon courage à deux mains et suis allée voir un film por-no-gra-phi-que, je ne crois pas aux eaux thermales mais il y a de jolies promenades à faire, cette pauvre Sonia, quel courage, une volonté de fer. Lydia avait le dos au mur, ses yeux étaient trop brillants, nous avions trop bu, je posai la bouteille et les verres par terre.

— Bon, je crois que je peux y aller, maintenant... Restez avec moi...

Dans l'entrée, il y avait des adieux, un manteau perdu qui cherchait les siens, des baisers sur les deux joues, on se téléphone, venez absolument, la petite fille portugaise dont on ne voyait que les grands yeux au-dessus d'un tas de vêtements qu'elle tenait dans ses bras. Je suivis Lydia le long du couloir, m'écartant poliment pour laisser passer les revenants du vestiaire.

— Lydotchka... Est-ce que tu crois que c'est sage...

Elle était là, triturant son collier de perles. Le sourire s'était durci. Celui de Lydia n'en avait nul besoin : on ne savait plus ce qui était chagrin, rancune ou colère : il n'y avait pas assez de lumière dans le couloir pour faire le tri. Tout ce qu'on pouvait dire, c'est que les deux femmes se connaissaient bien.

— Vous m'avez reproché de ne pas venir le voir, vous avez insisté pour que je sois là ce soir et maintenant, vous estimez que ma présence...

— Il est tard. Alain est épuisé...

J'avais oublié l'existence de l'heure.

— Vous savez bien qu'il ne dort presque plus...

Sonia rayonnait.

— Cet après-midi, il a fait une petite sieste. Vingt minutes. Le docteur Gabot est très content... Mais il est très nerveux et il vaut mieux...

Lydia luttait pour paraître calme. Cela donnait une voix d'enfant :

— Est-ce parce que je suis avec un ami? Il n'en saura jamais rien.

— Michenka? Oh non...

— C'est du plus grand comique, cette façon que vous avez de russifier tous les noms...

— Il faut parfois beaucoup de comique pour vivre, Lydotchka. Beaucoup de drôlerie. Non, ce n'est pas à cause de notre cher Michenka...

Son regard me noya de bonté. C'était vraiment de la haine.

— ... Au contraire. Alain veut que tu sois heureuse, ma chérie.

— Oh, ça suffit, Sonia. Et d'abord, comment le savez-vous? Il vous l'a dit?

— Je le connais. Je connais mon fils.

— Le cœur d'une mère, je sais. Merde. Vous en faites trop, Sonia. Tout le monde est au courant, vous êtes une femme admirable.

La vieille dame souriait, triturant ses perles.

— Je ne t'en veux pas, ma chérie. Je comprends. Tu es très malheureuse.

— C'est la maison du grand pardon, ici. On pardonne à Dieu, on pardonne aux Allemands,

on pardonne aux Russes, on pardonne tout...
C'est *Yom Kippour* toute l'année...

— Ma belle-fille n'a pas de chance, Michel.

Elle me rendait à la France.

— ... Elle ne croit pas en Dieu. Elle n'a pas de quoi vivre. Et vous ?

Je ne m'attendais pas à cela, dans un couloir.

— Excusez-moi, Sonia, mais vous me prenez un peu au dépourvu.

— Ah, vous aussi. Au dépourvu. Comme c'est dommage.

Je fouillai dans mes poches. Il devait bien me rester quelque chose.

— Rien, dis-je.

— Vous êtes ivre, Michenka.

Michenka. J'étais repris.

— Je suis d'origine irlandaise, dis-je. Il y a un conte gaélique selon lequel Dieu a acheté la terre au diable et la lui a payée en... espèces. Hé, hé, hé !

Indifférence.

— Excusez-moi, dis-je, humblement.

— Je t'ai demandé de venir, Lydia, parce que nos amis auraient été très surpris si tu n'étais pas là ce soir. Ils t'auraient jugée sévèrement. Je ne voulais pas que l'on dise que tu es une femme sans cœur...

— Bravo! Nous y voilà! Et vous remarquerez ce grand et bon sourire, Michel...

Je fis une suprême tentative :

— Et si on allait finir la nuit dans une boîte russe?

— Je ne t'ai jamais critiquée, Lydia. Je t'ai toujours défendue. Tu as épousé mon fils.

— Crime!

— Il tient beaucoup à toi.

— Comment le savez-vous?

— Il réussit parfois à prononcer ton nom. Il dit « maman » très facilement, très naturellement. Et ce matin, je l'ai trouvé avec ta photo à la main. Je ne sais pas pourquoi tu nous détestes tellement. Ce n'était pas de sa faute. Tous les témoins de l'accident sont d'accord là-dessus. Je crois que tu le hais uniquement parce que tu ne l'aimes plus.

Lydia avait fermé les yeux. Elle portait une robe gris pâle et un boa blanc qui n'était pas à sa place, dans tout cela. Je n'y pensais pas à ce moment-là, mais j'y pense maintenant, pour mieux me souvenir d'elle. Sans innocence : je pense à elle pour oublier. Il ne restera d'ailleurs de tout cela pas de trace. Pourquoi donc tant de fureur, tant de tumulte?

— Les médecins sont très optimistes. Il n'a presque plus de difficultés à former les mots, même si c'est encore dans le désordre. Pour les lettres, c'est très encourageant, il fait des progrès immenses. Les voyelles sont toujours à leur place. Encore un peu de patience, ma chérie, et il récitera tout l'alphabet. C'est sûr, c'est certain. Dieu ne nous abandonnera pas.

Je comprenais de moins en moins, et c'était l'euphorie.

— *Kharacho,* dis-je, parce que c'était un mot russe que je connaissais et qui était de circonstance, car il signifiait que tout allait bien. J'entendis un rire, du côté de la fête, mais il me paraissait venir d'un étage très supérieur. Un vieillard dériva à la recherche d'une sortie. Je n'avais plus rien bu depuis dix minutes et commençais à m'inquiéter : je sentais que d'un moment à l'autre, j'allais reprendre connaissance. La petite fille portugaise passa, avec des yeux immenses, car elle ne devait pas avoir plus de dix ans et il y avait beaucoup à voir. Lydia tenait dans une main un petit sac argenté, et, dans l'autre, un long fume-cigarette noir, et ce n'est qu'un peu de rancune, une petite méchanceté de ma part. Le vent joue avec ses cheveux sur la plage où j'écris, et ce n'est que le souvenir qui tire parti des feuilles blanches. Un serveur vint murmurer à Sonia qu'il ne restait plus rien, et elle répondit que c'était fini et que cela n'avait plus d'importance. Il y eut encore quelques *aïe aïe aïe* tziganes, mais le persiflage n'avait plus prise. Les poings serrés disent seulement l'impuissance des poings et le courage lui-même est sujet à caution, parce qu'il aide à vivre. Des violons bipèdes se mettent à genoux pour prier et ceux qui ont des cordes particulièrement sensibles sont promus au rang de stradivarius. Il y a peut-être Paganini. Les violons trop fragiles sont éliminés, car on exige aussi l'endurance. Señor Galba est placé parmi ses pairs, pour juger de la qualité du dressage, à la droite de quelque autre connaisseur de nous inconnu. Il y aura avenir : sacrifions, sacrifions. Les vaincus se grisent de leurs victoires futures. J'avais mal à la nuque : sans doute la place de l'archet.

Les deux femmes parlaient en même temps, sans se soucier l'une de l'autre : peut-être s'agissait-il d'une rancœur trop grande pour qu'elle fût seulement personnelle.

— Nous irons aux Etats-Unis, la semaine prochaine. Ils font des miracles, là-bas. Nous devons tout essayer. On vit d'espoir.

— On vit surtout de clichés.

— Il faut continuer à lutter et à croire de toutes nos forces. Nous n'avons pas le droit de nous laisser aller au découragement...

Le directeur des théâtres lyriques passa en s'excusant, il s'était trompé de manteau ou de porte. Sonia se tourna vers moi :

— J'ai perdu mon mari il y a trente-trois ans, Michel. Je serais morte depuis longtemps si je ne pouvais pas honorer sa mémoire. Je vis bien. J'ai une voiture avec chauffeur et des bijoux. Je veux qu'il soit tranquille, du point de vue matériel. Son plus grand souci était ma sécurité. Il m'adorait. Cela peut vous paraître drôle, en me voyant, à mon âge...

— Mais non, pas du tout, pourquoi, dis-je très rapidement, comme si elle m'avait surpris à mentir.

— J'étais jolie, quand j'étais jeune. Il m'a beaucoup aimée. Il n'y a pas de tombe, je n'ai pas où aller. Je n'ai pas besoin de bijoux, de chauffeur, je m'en fous, Michel. C'est pour lui. Je veux que tout soit comme il l'a voulu. C'est sa volonté, sa mémoire, son souci. Lydia ne peut pas comprendre ça, parce qu'aujourd'hui, on n'a pas besoin de raison pour vivre, on vit comme ça, sans rien.

Lydia écrasait rageusement une cigarette dans un vase de glaïeuls.

— Les sanglots longs des violons, il y en a marre, dit-elle.

102

Elle fit quelques pas rapides dans le couloir, ouvrit une porte et m'attendit. Je jetai à Sonia un coup d'œil inquiet. Je me méfiais terriblement de ce mari et fils caché au fond de l'appartement et qui apprenait l'alphabet. Je trouvais que señor Galba exagérait et qu'il devait y avoir une limite au divertissement.

Sonia me prit par le bras.

— Que voulez-vous, c'est une femme terriblement... non, pas dure, mais impétueuse. Oui, c'est ça, impétueuse. Entrez, Michenka. Faites comme chez vous.

VII

Je ne m'attendais pas à un tel changement de décor : il ne restait plus trace des koulebiaks russes. Une bibliothèque très sobre, où tout paraissait voilé par de bleus abat-jour. On sentait Proust et toute la Pléiade derrière les vitrines. Il y avait des fauteuils anglais, au vide toujours un peu rêveur, où l'on a beaucoup lu, fumé la pipe et écouté des paroles de sagesse. Dans l'espace que les livres cédaient aux murs, deux masques blancs sereins que tenaient des mains très douces. Un bouquet de fleurs sur une table de grand âge et un globe terrestre qui montrait ses océans, comme un vieux cabotin qui présente au public le meilleur côté de son profil. Lydia immobile, chevelure, visage, robe et étreinte de fourrure. La vieille dame de jais à l'invincible sourire. J'avais trop demandé à l'épuisement : j'escomptais la fin de la sensibilité, mais ne parvenais qu'à la hantise ;

l'impression d'étrangeté accentuait l'aspect menaçant du réel; j'étais entouré d'imminence implacable; l'angoisse déjouait toutes mes tentatives de parade. Il était impossible de se dérober. Il fallait faire face, laisser mourir, aimer pour garder en vie. Mouettes et corbeaux, cris, déchirements, derniers instants, une place en Bretagne, ton front à mes lèvres, éclair de femme, et des paupières lourdes qui luttent pour ne pas choir comme tant d'autres boucliers.

Un homme était assis sur un sofa au milieu de la pièce, les jambes croisées. Un très bel homme, indubitablement, pour lui rendre son dû, bien que son visage manquât peut-être un peu de caractère, par un excès de régularité et de finesse des traits, un côté jeune premier à la raie impeccable, mais ce qu'il pouvait avoir de légèrement joli cœur était compensé par une expression de gentillesse et de douceur, qui paraissait là à demeure, comme une sorte de courtoisie à l'égard de toute chose. Il devait avoir une quarantaine d'années; on sentait qu'il avait à la fois l'habitude de plaire, et de s'en excuser. Je notai cependant l'étrangeté du regard, qui évitait d'être ce qu'on appelait autrefois un « regard de velours » par un curieux manque d'éclat. Il portait un blazer bleu marine, aux boutons métalliques, et un pantalon de

106

flanelle soigneusement repassé. Des chaussures noires qui luisaient. Le col ouvert, cravate Ascot bleue, chemise blanche. Impeccable. C'était un de ces hommes qui s'habillent d'un rien et qui se mettent aussitôt à ressembler à une gravure de mode. Il se tenait parfaitement immobile et regardait droit devant lui, sans nous prêter la moindre attention.

Dans un fauteuil, près des rideaux, un gaillard athlétique en jeans, maillot de corps, biceps, chaussures de basket, lisait un journal de bandes dessinées.

— Bonsoir, Alain.

L'homme attendit un moment, comme si la voix mettait du temps à lui parvenir, puis se leva avec une certaine brusquerie. Il gardait une main dans la poche de son blazer et avait une sacrée élégance.

— Mon mari, Alain Towarski... Michel Folain, un ami...

Towarski attendit quelques instants, écoutant très attentivement, puis replia une jambe, le genou en l'air, et resta ainsi un moment sans aucune raison apparente.

— Cloclo baba pisse pisse macache, dit-il, et il eut un geste aimable vers la moquette, comme pour m'inviter à m'asseoir.

— Merci, dis-je, car cela ne pouvait faire de mal.

Le garde du corps avait posé *Rikiki* sur un guéridon et s'était levé.

— Petit pouce mordieu asticot tac tac? demanda Towarski.

Je jetai un coup d'œil autour de moi, mais il n'y avait rien à boire.

— Gardafui fonce pilate et couscous agaga, dit Towarski. La bébine, ma foi. Polygone de Vincennes?

C'était décidément un bavard.

— Camomelle ou la la, hypogramme et grenouille. La cocache a blapi mais la grute a pcha pcha... pchi pchi... a poupette...

J'en avais marre. Je savais que c'était une sale nuit à passer, mais je n'avais pas à ce point besoin de divertissement.

— Zip-zip, dis-je. Pouëte pouëte. Apsia psia.

Towarski parut enchanté.

— Mon pruneau bidule a touché Montaigu, m'informa-t-il. Clarinette à os et rouba ba ba ba.

Sonia était heureuse.

— Tu vois, Lydotchka, Alain prononce maintenant des mots entiers, très cohérents...

— Perrette choucha tête, déclara Towarski. Les chabigots bchappis des abbèches...

— Nous apprenons ensemble les fables de La Fontaine, expliqua Sonia. C'est un excellent exercice.

— Biyoneau des Carpates la clapoque vec la bouche...

Merde, pensai-je. C'est peut-être un poète. Je connaissais mal les modernes, je m'étais arrêté à Eluard. Je voyais bien que Lydia pleurait, donc ça devait être assez émouvant. Mais je ne sais pas pleurer, et puis il y a des moments où je suis capable de prendre l'horreur, de lui tordre le cou et, pour qu'elle crève plus vite, je la force à rire. Le rire, c'est parfois une façon qu'a l'horreur de crever. Towarski, je n'avais rien à en foutre. J'avais déjà tout ce qu'il fallait chez moi. J'étais pourvu. Le *Clapsy's*, le paso doble, le dressage, les bipèdes stradivarius, les instruments à cordes, j'en avais ma claque. Je n'étais peut-être pas un Stradivarius et on faisait mieux à Beyrouth, mais on avait tiré de moi tout ce que j'avais. Le Towarski, je l'avais compris dès les premiers mots. La grande jargonaphasie de Wernicke, je connaissais. J'avais un ami qui s'était écrasé avec son avion et qui jargonnait depuis deux ans. Une partie du cerveau est atteinte, et on perd tout contrôle du langage. Les mots se forment et sortent au petit bonheur la chance. On sait ce qu'on pense, mais on ne sait plus ce qu'on dit. Les mots en déroute s'acoquinent entre eux comme il leur plaît. Mais on ne le sait pas. On met du temps à s'en rendre compte. Parce que la pensée est intacte, lucide, normale. Elle n'arrive pas à se former en phonèmes légitimes, c'est tout. Les mots se cassent, se défont, se tordent, se mettent à l'envers, foutent la phrase en l'air, lui cassent les reins, ne veulent plus rien dire, c'est n'importe quoi. On pourrait même faire une idéologie avec ça. Une nouvelle dialectique. Libérer enfin le langage de la pensée. Jargonner encore cent millions de mots. Et cela s'accompagne, sans qu'on le sache, et bien sûr, de logorrhée, on ne peut plus s'arrêter de jargonner, parce que tous les freins sont brisés, il n'y a plus de contrôle.

— Les caciques m'escognent mais les pupitres nombrilisent, dit aimablement Towarski.

— Merci, je ne fume pas.

— Michel !

— Légitime défense, Lydia. Vous m'avez amené ici pour me prouver que je n'étais pas champion du monde, mais je me défends. Il y a aussi Beyrouth, la torture et les gosses qui crèvent de faim, mais je vous assure que je n'ai pas besoin de ces consolations. Reconnaissez aussi que toutes les chaînes ne sont pas biologiques, qu'il en est qui sont notre propre œuvre, et que l'on peut briser.

— C'est toujours plus facile de se réfugier dans les généralités, dit Lydia.

Towarski tourna trois fois sur lui-même. Il s'inclina ensuite très bas, se redressa, replia une jambe en arrière, puis l'autre. Ses bras faisaient des gestes désordonnés. Il se mit à quatre pattes. Le garde du corps l'aida à se relever.

Je tenais bon. Señor Galba, ou enfin un de nos autres maîtres de dressage, ne pouvait se targuer là d'aucun exploit original. Ce n'est pas avec ça qu'il susciterait l'émerveillement et les applaudissements au *Clapsy's*. Du classique. Dans la grande aphasie, le sujet est souvent incapable de conformer ses mouvements au but qu'il se propose. Il perd la compréhension de l'usage des objets usuels et fait ainsi des gestes absurdes.

— Grognasse bison caresse mono, dit Towarski. Y a moustabac et petit père mais les mitaines ursulent pupuce...

— Oui, mais les zouaves en ont à revendre, rétorquai-je.

Sonia était heureuse.

— Alain réussit de mieux en mieux ses phonèmes, dit-elle. Le professeur Tourian a beaucoup d'espoir.

— Oh, taisez-vous, Sonia, taisez-vous...

Ce qu'il y avait de particulièrement cruel, c'était la beauté de Towarski. Finesse des traits, sensibilité, charme. Beaucoup de distinction, d'élégance, un côté Oxford, il avait dû faire de bonnes études. Et cette expression de gentillesse, de douceur. C'était vraiment un instrument d'excellente qualité. On pouvait en tirer des accents déchirants. Je comprenais maintenant le regard sans vie. La vision avait dû être touchée aussi.

— Remarquez, leur dis-je, je ne suis pas croyant : je ne crois pas que les dieux-singes préméditent. Il suffit d'aller au zoo et de voir leurs descendants qui sont en cage pour voir que c'est n'importe quoi. Et puis, de temps en temps, il y a banane. On nous jette un petit quelque chose, pour nous encourager à continuer.

— Petit chiot nunuque et solo solo ?

J'optais pour le dialogue. L'incommunicabilité, ça suffit.

— Solo solo, dis-je. Et même grapouille solo.

Lydia se tourna vers moi avec colère.

— Je vous en prie, Michel.

Mais toute la rage, l'impuissance et le désespoir accumulés et mâtinés d'alcool me montèrent d'un seul coup à la tête. Je savais que le cancer allait être chassé de la terre et que nous arracherions une à une toutes les dents pourries qu'ils enfoncent dans notre chair, mais pour l'instant, j'étais encore vaincu, et ma voix ne mordait que la poussière.

— Travadja la moukère, Travadja bono! gueulai-je. Mets tes pieds dans la soupière, tu m'diras si c'est chaud! Jawohl Hitler goulag Médor! Excusez-moi, mais c'est tout ce que je peux donner, en ce moment!

Towarski parut vivement intéressé. Peut-être étais-je parvenu jusqu'à lui, par je ne sais quel fielleux hasard. Le hasard est parfois une vraie ordure.

— Micro toto mamour didia? Mamour didia? Didia hem hem?

Je fermai les yeux. *Mamour Didia. Didia hem hem.* Il essayait de dire « amour Lydia » et « Lydia je t'aime ». Il n'y avait aucun doute là-dessus. Aucun doute sur l'étendue du crime. C'était un authentique stradivarius et il y avait un salaud de Paganini qui s'en donnait à cœur joie. J'entendis la voix ironique de Lydia.

— Ça va un peu mieux, maintenant, n'est-ce pas, Michel? Vous vous sentez un peu... moins?

J'avais mal au ventre.

— Didia zezème...

Didia zezème. La volonté rôdait autour de « Lydia je t'aime », et ne trouvait pas prise.

Alain Towarski s'était tu. Je levai les yeux. Il y avait à côté de lui, sur le sofa, quelques volumes de Jules Verne, dans la belle collection rouge des *Voyages extraordinaires*. Pourtant, il avait un regard d'aveugle. La vieille devait s'asseoir à côté de son fils pour lui lire à haute voix. Il ne pouvait pas comprendre ce qu'elle lui lisait : les mots arrivaient déformés. Ça ne fait rien, elle lui lisait quand même à haute voix *Les Voyages extraordinaires*.

— Tino Rossi, dis-je. Camus à la mandoline, Dostoïevski à la guitare et Dante à la grosse caisse.

Je leur tournai le dos et me retirai, avec énormément de dignité. Dans le salon, il n'y avait plus que quelques invités trop vieux pour avoir la force de partir. J'échouai au buffet, parmi les restes.

— Ça manque de Spartacus, dis-je au serveur.

— Oui, ils ont tout bu. Mais j'ai mis de côté une bouteille de schnaps.

Il me remplit un verre mais je m'emparai de la bouteille. Il n'était que trois heures du matin, après tout.

— Il faut supprimer le secteur privé, remarquai-je.

— Ce n'est pas le genre de la maison, monsieur.

— Il faut supprimer le secteur privé du malheur. Vivement la Chine. Quand on est huit cents
millions, on est moins. Il faut devenir simplement
démographique.

Je versai à boire au serveur.

— Allez-y, lui dis-je. C'est la fraternité. Fini,
l'exploitation, la lutte des classes, la dictature du
prolétariat. Ça leur fait trop plaisir, là-haut. Un
talon de fer, des combats de gladiateurs et celui
qui reste est couillonné un peu plus tard. A la
bonne vôtre.

Il était jeune, le visage gai, innocent. Evidemment, il n'avait que vingt ans et pouvait encore
attendre.

— Remarquez, lui dis-je, vous pouvez passer
au travers. Il n'y a pas choix de victimes, c'est au
hasard. J'ai même rencontré des tziganes heureux. Il y a aussi des Géorgiens qui vivent jusqu'à
cent vingt ans en mangeant du yogourt. Le
yogourt, mon vieux, tout est là. Nous ne man-
geons pas assez de yogourt, voilà pourquoi.

Il se marrait. Il me mettait au compte de
l'ivresse. C'est jeune, ça ne sait pas.

Je suis allé au vestiaire où j'ai récupéré mon imperméable et mon chapeau. Il ne me manquait plus rien. Ah si, mon sac de voyage. Mais je pouvais espérer le retrouver. Je me sentis mieux. J'attendis Lydia dans le couloir, avec tact. C'était son mari, après tout. Ils avaient des choses à se dire. J'ai rigolé. Je cherchai les cigarettes dans mes poches, mais je m'étais arrêté de fumer deux ans auparavant. Yannik y tenait, elle disait que ça donne le cancer. Lorsque les deux femmes me rejoignirent dans l'entrée, je riais encore. La fatigue m'aidait beaucoup, en tirant de mes nerfs des ressources cachées et il m'est venu soudain dans le corps, dans le sang, une marée de confiance et de certitude qui monta en moi comme un chant silencieux. Je n'étais pas dupe, je savais que c'était seulement le deuxième souffle, pour m'encourager à continuer. Je continuerai. Chacun de nous sait qu'il est né pour être vaincu, mais aussi que rien n'est jamais parvenu et ne parviendra jamais à nous vaincre. Quelqu'un d'autre, mais peu importe, quelque part ailleurs et dans je ne sais quel futur, mais les fers seront brisés et nous tracerons nous-mêmes la ligne d'avenir dans le creux de nos mains.

Lydia revenait, en larmes. Sonia la tenait affectueusement par le bras.

— Excusez-la, Michel. Lydia... et vous-même, sans doute, n'avez pas l'habitude. Tout le monde aujourd'hui exige d'être heureux... même les Juifs ! Nous, les vieux, nous avons appris...

Lydia libéra son bras d'un geste que je jugeai un peu brusque. Elle manquait d'égards pour les anciens.

— C'est vrai, Sonia. Vous avez appris. Vous avez pris tellement l'habitude que la souffrance est devenue chez vous une deuxième nature. Il vous faut ça pour avoir une raison de vivre. Je vous ai pris votre fils et pendant dix ans il a été heureux. Un sacrilège. Maintenant le malheur vous a été rendu. Les choses sont rentrées dans l'ordre. Vous savez pourquoi vous vivez : pour faire preuve de courage. Admirable. Maintenant, le malheur a repris ses droits. Notre famille n'a pas été massacrée pour rien.

— N'écoutez pas ce qu'elle dit, Michel. Elle n'a pas connu... ce que nous, les vieux, avons connu. Tout le monde exige le bonheur, aujourd'hui. Ça leur passera.

— Souffrez, si m'en croyez, n'attendez à demain, cueillez-les dès aujourd'hui, les larmes de la vie... Vous savez qu'elle lui lit Jules Verne à haute voix, cette...

— Lydia, dis-je, car je craignais le pire.

Sonia rayonnait.

— Il aimait beaucoup Jules Verne, quand il était petit. C'est indifférent, ce que je lui lis. Il comprend mal les mots. Mais il entend ma voix.

— Vous avez beaucoup de chance, Sonia. Je vous ai volé votre fils, mais la vie vous l'a rendu. Grâce à un accident de voiture. Il y a une justice. J'ai perdu ma petite fille, mais vous avez récupéré votre enfant...

— Ah non, ça suffit, dis-je. On est quand même en France.

— Lydia n'est pas méchante. Mais elle n'a pas l'habitude d'être malheureuse.

— Oui, je suis une mauvaise Juive. Vous savez, Sonia, si jamais vous mettez les pieds en Israël, ou bien ils vous colleront au musée, ou bien ils vous foutront dehors.

— Elle ne peut pas comprendre, Michel. C'est une révoltée.

— Vous l'entendez? Une révoltée. La pire des insultes. C'est vraiment merveilleux. L'acceptation, la soumission, la résignation. Qui est-ce qui a dit que les Juifs n'étaient pas chrétiens? Allons-nous-en d'ici. Si jamais je suis heureuse, Sonia, je vous promets d'aller en pèlerinage à Lourdes pour être guérie...

La vieille dame garda longuement mes mains dans les siennes.

— Au revoir, Michenka, au revoir... Prenez bien soin d'elle...

Elle me prit fermement par le coude et ne le lâcha pas jusqu'à ce que je fusse dehors.

VIII

Dans la voiture, les yeux fermés, le profil calme, la tête appuyée contre le support spécialement prévu à cet usage, elle attendit en silence pendant que s'affairaient autour de nous d'invisibles soigneurs, ceux qui veillent sur les champions du monde avec tant de sollicitude, écoutent leurs cœurs, guident leurs pas, exaucent leurs prières, essuient le pare-brise, font le plein et vous souhaitent bonne continuation.

— J'ai été odieuse, bien sûr, mais je me sens un peu mieux. Où est-ce, Caracas ? On m'a également proposé un poste à l'Organisation d'aide aux réfugiés, à Bangkok. Excès de moi, je sais. A partir de quel moment cesse-t-on d'être une femme malheureuse pour devenir une garce ?

— Il faut demander cela au directeur de nos théâtres lyriques, Lydia.

— Je ne comprends rien à l'amour.

— C'est parce que l'amour, lui, comprend tout, a réponse à tout, résout tout et il n'y a qu'à le laisser faire. Il suffit de prendre un abonnement, une carte orange pour changer de moyens de transport.

— Je l'ai aimé vraiment, pendant dix ans. Et quand j'ai cessé de l'aimer, j'ai essayé de l'aimer encore plus. Allez comprendre.

— La culpabilité. On a honte. On ne veut pas l'admettre. On lutte. Moins on aime et plus on essaie. Parfois, on fait de tels efforts que c'est l'asphyxie. D'ailleurs, ce qui leur plaît, là-haut, ce ne sont pas nos victoires ou nos défaites, mais la beauté de nos efforts. Avez-vous essayé la gelée royale des abeilles? Il paraît que cela donne des forces.

— Je ne comprends pas qu'un amour puisse finir...

— Oui, cela semble jeter le discrédit sur toute l'institution.

— Quelquefois, c'est fini, mais on ne s'en aperçoit pas, par habitude...

Elle s'interrompit et me jeta un regard terrifié.

— Quelle heure est-il?

— Nous avons tout le temps.

— Quand Alain a quitté l'hôpital, j'ai essayé. Nous avons continué à vivre ensemble. Il était atteint d'aphasie jargonesque, impossible de communiquer...

— Cela devait quand même faciliter les choses, non ?

— Ce n'est plus du cynisme, chez vous, Michel, c'est... de la mort.

— Oui. Je fais feu de tout bois.

— Et il était d'une effroyable loquacité, parce que, chez les grands aphasiques, le frein mental du langage est détruit et ils ne s'arrêtent plus de jargonner... Et on ne peut pas abandonner un homme dans le malheur uniquement parce qu'on a cessé de l'aimer... Mais faut-il rester auprès de lui *parce qu'*on a cessé de l'aimer ?

— Il faudrait mettre fin à la psychologie, Lydia. Il y a trop longtemps qu'elle tient la tête de l'affiche. Changer de programme. Je vais parler à la direction.

— Il m'arrivait aussi de me demander si je ne m'inventais pas habilement une excuse en prétendant que j'avais déjà cessé de l'aimer avant l'accident... C'était vraiment assez terrible. Cesser d'aimer un homme et le quitter uniquement parce qu'il est devenu si... différent... Joli, non ?

— Oh, c'est un concours de beauté, il n'y a pas de doute.

— Il avait changé. Il était devenu quelqu'un d'autre.

— Remboursez !

— Et j'avais une excuse : il était responsable, même innocemment, de la mort de ma fillette... Et si cela aussi, cette responsabilité que je lui collais sur le dos, n'était qu'une excuse de plus pour le quitter ?

— La psychologie est riche de toutes sortes de possibilités. Des combinaisons inépuisables. Et il est permis de tricher. Il est permis d'ajouter, d'enlever et de remplacer les pièces. Tous les coups sont acceptés et on joue toujours contre soi-même. Car s'il y a infinité de pièces et infinités de combinaisons, il y a une seule reine : la culpabilité. Mais quoi, sans la psychologie, on serait des bêtes. Elles doivent se marrer, les bêtes. Il y a un poète, Francis Jammes, qui nous a laissé un très beau poème. Titre : *Aller au paradis avec les ânes.*

Il y eut dans ses yeux un peu de gaieté amicale.

— Vous finirez par réussir, Michel. Comme ce contorsionniste du *Clapsy's* dont vous m'avez parlé. Vous vous tordez si bien et avec tant de rage que vous réussirez à vous lover en un poing et à vous introduire dans ce carton à chapeaux.

— Ben, il faut quand même faire quelque chose de sa vie, merde.

— Ça sert à quoi, tous ces cris, Michel?

— Les cris ont toujours été les plus hauts lieux de l'homme. L'humanité tout entière ne fait encore que jargonner et ne trouve pas un langage cohérent et fraternel. Mais au moins, elle crie, d'un bout à l'autre de la terre et ses cris, eux, sont parfaitement compréhensibles. Je ne dis pas qu'il y aura pitié, Lydia. Je ne dis pas qu'il y aura fin de cruauté et rémission de peine. Je ne sais pas s'il y aura un jour Spartacus et fin de l'esclavage, mais je sais qu'il y a déjà parmi nous d'illustres briseurs de chaînes. Fleming a vaincu l'infection, Salk la poliomyélite, la tuberculose a été matée, et je suis sûr que le cancer vit ses derniers beaux jours. Nous crevons de faiblesse, et cela permet tous les espoirs. La faiblesse a toujours vécu d'imagination. La force n'a jamais rien inventé, parce qu'elle croit se suffire. C'est toujours la faiblesse qui a du génie. Les ténèbres ont dû faire une drôle de tête, lorsque l'homme pour la première fois leur a foutu le feu à la gueule. Qu'est-ce qu'elles ont fait, les ténèbres? Elles se sont enfuies pour se plaindre à papa. Non, ce n'est pas un chant barbare. C'est seulement la faiblesse qui murmure ainsi, et je lui fais confiance. Il y a en ce moment même, quelque part dans un labo, un faible qui lutte et qui nous donnera notre victoire. C'est dans les labos que l'humanité trace la ligne du destin au creux de sa main. C'est dans les labos que prend vie et corps la Déclaration des Droits de l'Homme. On a été battus, vous et moi. Vaincus, sans aucun doute. Mais toutes les victoires passent par là. Je suis peut-être saoul. Sonné. Groggy. Je n'ai prise sur rien, mes mains sont des moulins à vent. Sans doute. Ma confiance n'est peut-être qu'une euphorie de sonné. Bon. Mais nous sommes beaucoup trop faibles pour pouvoir nous permettre d'être vaincus.

Elle conduisait très lentement, comme si elle craignait d'arriver quelque part.

— Il y a dans tout cela une part immortelle, Lydia. Il faut beaucoup de ridicule. Autrefois, cela s'appelait l'honneur des hommes. Pourquoi ne l'avez-vous pas... aidé ?

— Et passé le reste de ma vie à me demander si je n'avais pas aidé mon mari à mourir pour mettre fin à une souffrance que *moi* je ne pouvais plus supporter ? Vous avez parlé de fraternité... J'ai essayé. Mais se dévouer à un homme parce qu'on a cessé de l'aimer et que c'est injuste, se dévouer à un homme au nom d'une éthique, n'avait plus aucune réalité vivante. C'était un humanitarisme qui n'avait plus rien d'humain, un acte contre nature, et Alain ne l'aurait jamais accepté, lorsqu'il était... entier. Au début, il ne savait pas que personne ne pouvait le comprendre. Il croyait à un complot, faisait un vrai délire de persécution... A l'hôpital, j'avais vu deux aphasiques qui avaient failli en venir aux mains, parce que chacun croyait que l'autre se moquait de lui... Un homme très beau, très distingué, qui me prenait par la main et qui me disait tendrement : *popo petite marmite ko ko ko* et qui continuait ainsi pendant des heures. La pensée était intacte, mais restait enfermée à double tour. Et il n'avait plus que deux dixièmes de vision. Et il n'était plus pour moi que l'auteur de l'accident... Plus je lui en voulais et plus j'essayais de l'aimer. Mais au nom de quoi ? Au nom de quoi, Michel ? D'une certaine idée de justice, je pense... ou de l'injustice. D'une solidarité entre vivants. Un refus d'obéissance à la barbarie. C'était presque une question de... de civilisation, je ne sais pas. Mais j'étais obligée de reconnaître qu'il ne s'agissait plus d'Alain, là-dedans. Je ne me dévouais pas à un homme, mais à une certaine idée de l'homme, et cela finissait par n'avoir plus rien d'humain. Hurrah pour le drapeau, hurrah pour l'honneur, mais ce n'était plus une vie. Et il y avait Sonia. Sa confiance dans le malheur se révélait entièrement justifiée et elle fut à la hauteur, c'est-à-dire admirable. Il y avait trente-cinq ans qu'elle vivait de courage : je n'étais pas de taille à entrer en compétition. Elle retrouvait tous les siens. Son mari, ses frères, et maintenant son fils. Le massacre de toute sa famille, pour elle, n'était pas une monstruosité : c'était la loi du genre. Je ne sais pas si cette loi était vraiment écrite sur des tables de pierre, mais c'est probable : elle est pierre. La vallée des larmes. Nous sommes ici pour souffrir. Que la volonté de Dieu soit faite. De pierre, je vous dis, et dont on ne peut plus se passer, pour finir, parce que c'est une bonne excuse : on ne peut pas être heureux, il ne faut pas essayer, tout est en ordre. On peut penser tout ce qu'on veut des Oresties et de la tragédie grecque, mais pour moi, ce qu'il y a de plus significatif, c'est que les représentations se déroulaient à ciel ouvert, pour que quelqu'un, là-haut, puisse s'esclaffer. Ce que je veux dire, c'est qu'il y a dans l'humanité une part de folie qui n'est pas une part humaine... Voilà. Vous m'avez écoutée. C'est gentil. J'espère que je vous ai un peu aidé à... oublier...

— Vous savez, qu'on l'avoue ou pas, dans la vie, on mise toujours sur l'arrivée des secours...

— Leurre...

— Peut-être, mais enfin, nous sommes là, vous et moi.

— Parlez-moi d'elle.

— Rien. Un jour, elle m'a dit : « Jusque-là et pas plus loin. » Ce n'était pas seulement le refus de souffrir : c'était un goût de plénitude. Elle avait trop le goût de la plénitude pour accepter de lécher les restes dans l'assiette. J'avais répondu lâchement : « Tous les deux, alors. » J'ai eu droit à une belle colère. « Pas question. Tu parles comme si tu étais seul à aimer. S'il est une idée qui m'est insupportable, c'est de mourir en emportant avec moi ma raison de vivre. Je n'ai jamais bien su ce que cela signifie, une femme " très féminine ", un homme " très viril ", si ce n'est pas être d'abord celui ou celle qu'on aime. Alors, promets-moi. Promets-moi de ne pas faire de ton chagrin une facilité, une dérobade. Une demeure grise entourée de ronces et de ruines. Ah non ! Je ne veux pas que la mort gagne encore plus qu'elle n'emporte. Tu ne t'enfermeras pas à double tour derrière les murs du souvenir. Je ne veux pas devenir aide à la pierre. Nous avons été heureux et cela nous crée des obligations à l'égard du bonheur. » Je ne vois pas ce que je peux encore vous dire, si ce n'est ceci : je lui ai tout donné et maintenant tout cela m'est resté sur les bras.

Aimer est la seule richesse qui croît avec la prodigalité. Plus on donne et plus il vous reste. J'ai vécu d'une femme et je ne sais pas comment on peut vivre autrement. Vous voulez des souvenirs ? En voici un. Elle était couchée. Elle souffrait déjà beaucoup. J'étais penché sur elle... Une main forte, une présence virile, rassurante, dans le genre « Je suis là... » De quoi crever. Elle m'avait touché la joue, du bout des doigts. « Tu m'as tellement aimée que c'est presque mon œuvre. Comme si j'avais réussi vraiment à faire quelque chose de ma vie. Ils peuvent toujours essayer, ceux qui se comptent par millions : seul un couple peut le réussir. On ne peut compter par millions que jusqu'à deux. » D'autres petits détails ? Elle était très blonde... une gaieté qui aimait bien ses lèvres et ne voulait jamais partir... Elle ne vous ressemblait pas, vous êtes très différente, et d'ailleurs, il ne s'agit ni de vous ni de moi, mais de ce qui nous unit... par son absence... Il y a une expression bien connue, faite pour plaire, parce qu'elle se veut sagesse : « Il faut faire la part du feu. » Eh bien non, et pour cause : la part du feu est celle qui ne s'éteint jamais, ne s'éteindra jamais. Vous avez vu dans la rue de très vieux couples inséparables qui se soutiennent en mar-

130

chant? C'est ça, la part du feu. Moins il reste de chacun, et plus il reste des deux...

Elle laissa passer un peu de nuit et demanda, très doucement :

— Mon Dieu, mais qu'allez-vous faire de tout ça?

Je baissai les paupières, pour mieux garder. Je vivrai jusqu'au plus grand âge, pour te donner ma mémoire. J'aurai toujours patrie, terre, source, jardin et maison : éclair de femme. Un mouvement de hanches, un vol de chevelure, quelques rides que nous aurons écrites ensemble, et je saurai d'où je suis. J'aurai toujours patrie féminine et ne serai seul que comme une sentinelle. Tout ce que j'ai perdu me donne une raison de vivre. Intact, heureux, impérissable... Éclair de femme. Je voyais bien que tu te défendais encore, que tu t'efforçais de m'écouter comme on juge seulement la qualité du timbre, la fraîcheur de l'inspiration, et à un moment, pour m'éloigner de toi par cette dérision qui nous est toujours d'un tel secours, tu avais mis une cassette d'un geste rageur, et ma voix fut couverte par d'autres flots de musique, déjà emmagasinés. Il y eut encore quelques rues, tu pleurais un peu, par dépit, furieuse contre toi-même parce que tu cédais à la foi de cet authentique croyant à tes côtés, et lorsque nous fûmes chez toi et que tu retrouvas dans mes bras, sur ma poitrine, cette place oubliée du malheur où il ne peut rien nous arriver, moi, qui avais charge d'âme, je compris que c'était sauvé. « Ne te laisse pas aller à la facilité, Michel, ne fais pas de moi une excuse pour ne pas aimer : la mort est déjà assez salope, je ne veux pas l'enrichir. Je vais disparaître, mais je veux rester femme. » Lorsque tu m'as murmuré, Lydia, sans trace de reproche : « Il n'y aura jamais personne d'autre, n'est-ce pas, ce sera toujours elle », je sus que tu avais déjà beaucoup de tendresse pour celle que je t'avais confiée. Nous étions de retour ; il y avait fin d'errance et paix de l'estuaire. Il y avait fin de la grande traque, comme si nous avions réussi à atteindre une terre d'asile avec tout ce qui nous a été volé. Même s'il ne s'agissait plus de toi et de moi, mais de lutte pour l'honneur, même si nous étions dans l'étreinte comme deux souvenirs, il y avait victoire humaine. Je ne sais si c'est mon souffle qui murmure ainsi, ou si c'est la voix du vieux récitant dans ma poitrine ; il fait noir, mais non sans sollicitude, car la clarté est toujours plus belle dans cet écrin.

— Lorsque Yannik m'avait annoncé le jour et l'heure, nous étions dans un champ d'Eyre, près du hameau d'Imance — je ne savais pas que je me souviendrais de ces noms, la mémoire s'encombre souvent de détails futiles. Elle m'avait parlé de toi si gaiement et avec une telle amitié que pour la première fois depuis des mois, il y eut autour de nous comme un début d'espoir. « Cette sœur inconnue, je veux que tu lui dises combien j'ai besoin d'elle. J'aurais aimé la rencontrer, lui sourire, l'embrasser. Il y a adversité, nous sommes trop... biologiques, et notre vie, c'est souvent comme si on avait une étiquette sur le dos. « Agiter avant de s'en servir. » Il y a faiblesse sans défense, et cela a toujours voulu dire : lutte. Je suis peut-être terriblement égoïste, mais pourquoi veux-tu que je ne continue pas à vivre et à être heureuse, quand je ne serai plus là ? Je te demande de ne pas faire de mon souvenir un petit magot jalousement gardé. Dépense-moi. Donne-moi à une autre. Ainsi, ce sera sauvé. Je resterai femme. Au moment de m'endormir, je m'efforcerai de l'imaginer, pour savoir de quoi j'aurai l'air, quel âge j'aurai, comment je m'habillerai, quelle sera cette fois la couleur de mes yeux... »

Elle alluma. Son visage défait, aux rides si douces, ces traces de tout ce que séparément nous avions vécu ensemble, nous donnaient vingt ans de vie commune. Le regard, les épaules, le désordre blanc de la chevelure, les traces de naïveté vulnérable dans la ligne des lèvres, tout cela était frémissement, anxiété, tumulte...

— Vous êtes de ces Français qui n'existent plus : les bâtisseurs de cathédrales... Je ne connais rien aux lendemains, Michel. Je n'ai pas de telles habitudes de luxe. Je suis faite de petits aujourd'hui. C'est un vieux et noble combat, je sais, l'homme, la femme, le couple, envers et contre tout, mais je n'ai aucune envie d'être historique. Je voulais voir notre visage, parce que le noir est toujours un peu trop complice. Vous étiez couché là, auprès de moi, parmi tant de boucliers brisés et d'épées fracassées et... et moi, qu'est-ce que je deviens, là-dedans ?

— J'ai encore des années de vie devant moi, et c'est toujours ça à donner.

— Je n'en veux pas, de votre vie. Je n'en veux à aucun prix. J'ai déjà bien assez de la mienne. Vous avez réussi quelque chose d'assez admirable : vous avez tout pris à Dieu et vous l'avez donné à l'amour. C'est trop grand, pour moi. C'est trop, pour une femme qui travaille. Regardez-moi bien, mon vieux. C'est plein de coups. Je ne partirai pas en croisade pour libérer le tombeau du couple. Au moins, jadis, les hommes partaient seuls en terre sainte. J'ai envie d'être heureuse pour mon propre compte. Je ne veux pas lutter pour le bonheur de l'espèce. Je ne sais même pas voler, figurez-vous. Je n'ai pas d'ailes. Je suis trop peu de chose et demande encore moins. Un peu de douceur, de tendresse, de gentillesse, et puis le vent l'emporte — et pourquoi pas, pourquoi le vent ne serait-il pas heureux, lui aussi?

— C'est une façon de me dire que vous êtes très exigeante...

— Eh oui. Très.

— On ne va pas commencer par déplacer les montagnes. Soyez tranquille, les montagnes viendront nous trouver. Si vous croyez qu'il y a chez moi en ce moment un côté « à votre bon cœur, madame », vous vous trompez. Et je ne vous dis pas : « Je vous aime. » Je dis : essayons. Il n'y a aucune raison de respecter le malheur. Aucune.

Elle mit son peignoir, alluma une cigarette, se mit à marcher nerveusement de mur en mur, gesticulant avec la volonté de lutte désarmante de ceux qui sont sans défense.

— Il s'agit surtout de sauver une femme, n'est-ce pas? Elle vous a dit : « Fais de moi une autre »? Mais je n'ai pas envie d'être seulement votre manière de ruminer des souvenirs... Oh, excusez-moi. Je ne sais plus. Peut-être ne suis-je plus capable de cette suprême lucidité qu'il faut pour continuer à lutter et qui s'appelle l'aveuglement. Je ne sais plus qui a dit que dans la vie, toutes les réussites sont des échecs qui ont raté...

— La Rochefoucauld ?

— Non, ce n'est pas La Rochefoucauld.

— Oscar Wilde ?

— Non.

— Alors, c'est Lord Byron.

— Non.

— Ecoutez, Lydia, je vous offre ce qu'il y a de mieux. La Rochefoucauld, Wilde, Byron. Les sommets. Avec moi, c'est toujours les sommets. Riez, il fait plus clair. Et ne me dites pas : « Je ne vous connais pas assez. » Ou encore : « J'ai peur de me tromper. » Vous n'allez quand même pas me parler « raison garder », alors que toutes les chances sont à deux contre l'incompréhensible ? Fermez les yeux et regardez-moi. Les vérités ne sont pas toutes habitables. Souvent, il n'y a pas de chauffage et on y crève de froid. Le néant ne m'intéresse pas, précisément parce qu'il existe.

— Romantique ?

— Par rapport à la merde, oui. Il ne s'agit pas de nier la réalité : il s'agit seulement de ne pas se laisser faire. Si nous étions moins heureux, heureux au point d'oublier l'ennemi, Yannik aurait été prise à temps et peut-être sauvée. Nous avions oublié que le bonheur est toujours entouré de dents. D'abord invisible, insoupçonnable, l'ennemi ne s'est révélé que lorsqu'il avait la gueule pleine. La vraie et vicieuse saloperie, d'une haineuse lâcheté. Vous avez parlé d'épées brisées et de boucliers fracassés : eh oui, ça s'accumule. Il faut encore beaucoup de faiblesse. Mais cette faiblesse, cette fragilité, notre frémissement de vie si fugace, cela s'appelle justement la force de l'âme. Vous aurez remarqué que le mot « âme » a disparu de notre vocabulaire. On préfère ne pas s'y frotter : ça mesure. C'est peut-être désopilant, vous et moi, deux bouées qui essaient de se secourir l'une l'autre, mais j'accepte l'honneur d'être clownesque. Je vous signale même que c'est à coups de crachat et de tarte à la crème que s'est formé ce qu'on peut presque appeler figure humaine... Je ne voudrais pas que vous doutiez un instant de ma fidélité absolue à celle qui n'est plus là : cela ne saurait mourir et c'est à vous, maintenant...

Il y eut encore, dans sa voix, dans ses yeux, quelques velléités de lutte. Je connaissais bien ces accents, cette agressivité désarmée, ces battements d'ailes : elle était prise de panique parce qu'elle se découvrait encore capable de croire.

137

— Je ne sais pas si vous vous rendez compte avec quelle indifférence à mon égard, pour ne pas dire avec quelle cruauté, vous vous démenez pour réussir à aimer une fois encore, et une autre femme, et qu'à vous voir ainsi essayer de traverser l'Océan à la nage, on a envie de se jeter à l'eau, et vous empêcher de vous noyer... C'est traître, un homme désespéré.

— Alors ?

— Alors, dommage que je ne sache pas jouer de la guitare, Michel, on aurait pu faire un tube. Sonia connaît le directeur de nos théâtres lyriques, elle pourrait peut-être nous arranger une audition.

— Oui, l'ironie, je sais. On se défend comme on peut. Mais si un jour je cesse d'aimer, c'est que je n'aurai plus de poumons. Vous êtes là, il y a clair de femme, et le malheur cesse d'être une qualité de la vie. Il est cinq heures du matin, c'est sans doute fini, il ne reste plus pierre sur pierre, et cela veut dire seulement qu'il faut bâtir. Après avoir été entièrement démoli, il arrive un moment où tout devient intact. Je vous chante là un hymne primitif et sauvage, car il n'y a pas d'autre façon d'avoir vécu. On dit de l'*Iliade* que c'est une épopée et on admire beaucoup ses mille combats héroïques. Il est beaucoup plus difficile d'évoquer les couples vieillissant dans la douceur, qui sont pourtant nos plus belles victoires. Peut-être ne sentez-vous pas combien j'ai aimé, j'aime une autre femme, et vous pouvez ainsi vous détourner de moi. Ou alors, dites : « Nous en avons assez, nous les femmes, d'être des mères qui rapportent. » Eh ! Qui donc vous parle ici de ces errantes moitiés ? Je vous parle du couple, et dans un couple, personne ne sait qui est terre et qui est soleil. C'est une autre espèce, un autre sexe, un autre pays. Ou alors, entretenez-moi d' « indépendance », cette fameuse « indépendance » des séparatistes, ces lieux d'aisance « dames », « messieurs » où l'on s'isole pour se pencher amoureusement sur soi-même. L'homme « indépendant », la femme « indépendante », c'est un bruit qui vient d'ailleurs, des grandes solitudes glacées, là où il n'y a rien que des attelages de chiens, et il faut l'écouter avec respect : c'est l'honneur des démunis. Tout à l'heure, vous allez me quitter, mais il y a des instants qui ont de la mémoire. L'éphémère vit d'éclairs et je ne demande pas au bonheur une rente. Je vais regarder l'heure, me lever, m'habiller, vous remercier : « C'est gentil de m'avoir tenu compagnie, le temps est passé très vite, j'espère que ma voix n'a pas trop dérangé les voisins » ; vous pourrez vous recoiffer, vous refaire une beauté, nous « reprendrons nos esprits », comme on dit chez les lucides, ces lucides dont le nom lui-même sonne comme des graisses dans le sang. C'est si banal, ça arrive si souvent dans notre foire aux clopinettes, on vit de fanfreluches, c'est léger comme un fichu, aimer, ça a déjà été fait, c'est usé jusqu'à la corde, on veut tuer l'écho parce qu'il se répète, mais pour nous faire dire quelque chose de nouveau, il faudrait d'abord nous arracher les cordes vocales. Vous ne lui ressemblez en rien et c'est en cela que vous assurez sa permanence.

— Michel, Michel...

Elle s'assit sur le lit à côté de moi. Peut-être m'écoutait-elle, mais nous n'avions pas encore de voix. Notre voix n'est encore qu'une façon de rendre gorge.

— Je crains que la vie ne soit pas à la hauteur, ami. Elle s'essouffle très rapidement. Il y a malheureusement des pierres qui ne rêvent pas d'écho et cela fait beaucoup de monde.

— Oui, il y a un grand poète qui l'a admirablement exprimé, un grand poète qui n'a rien écrit, qui n'a pas parlé de l'amour et a su dire ainsi la part immense que tient dans nos vies son absence... Je les plains. Lorsqu'on a aimé une femme de tous ses yeux, de tous ses matins, de toutes les forêts, champs, sources et oiseaux, on sait qu'on ne l'a pas encore aimée assez et que le monde n'est qu'un commencement de tout ce qui vous reste à faire. Je ne vous demande pas d'entrer en religion avec moi, je sais que vous avez seulement voulu aider une femme, rendre sa mort plus douce. Nous nous sommes parlé toute la nuit, mais je ne vous ai presque rien dit, parce que ce sont vos lèvres qui me parlaient d'elle. Et vous ne saurez jamais à quel point elle croyait en vous et vous faisait confiance. Nous allions souvent à Flot, elle préférait la grande forêt à la mer, qui est si changeante. Elle se savait perdue, mais cela ne se voit pas dans les paysages. Lorsqu'on lui demandait de quel signe elle était, elle répondait en riant : « Luciole. » Elle aimait toucher les rocs noirs qui rêvent de frémissement et d'éphémère. Nous marchions parmi les arbres à la rencontre d'un autre couple, dans mille ans, dans dix mille ans, car la vie aussi a besoin d'une raison de vivre. Elle disait qu'il y avait chez moi idéalisation et que se perdait ainsi la réalité d'une femme ; c'était tant mieux, elle se sentait ainsi moins périssable ; un peu privée de son humanité, elle devenait moins mortelle. Je me souviens très bien de ce coin, de ce chemin ; il y avait un étang glauque éclairé de libellules, de fugaces scintillements entre le soleil et l'ombre. L'ennemi était déjà maître du terrain ; nos jours étaient comptés ; elle mettait en toi son espoir. « Je voudrais qu'elle vienne ici à la même saison, quand cette tache mauve de bruyères sera de retour, et dans sa main, ta main se souviendra de la mienne. Il faudrait aussi quelques très beaux poèmes, mais comment veux-tu, pour les poètes, parler d'amour, c'est manquer d'originalité, ce qui demande toujours des moyens immenses. L'amour, le couple, alors qu'on va explorer Mars et marcher sur la Lune, non mais sans blague, c'est du passéisme. Et pourtant, qui donc a déjà dit que tout ce qui est féminin est homme, tout ce qui est masculin est femme ? Personne. Je sais que c'est incroyablement bête d'avoir à te quitter pour des raisons techniques, en quelque sorte, des histoires d'organes, de virus, de Dieu sait quoi, mais fais-moi confiance : je te serai une autre femme. Je pense beaucoup à elle. C'est même assez drôle, les soins de beauté que je lui prodigue. Je ne la connais pas, elle peut manquer de fraternité, et nous aurons alors des problèmes, elle et moi. Pourtant, je l'ai beaucoup aidée, car tu ne pourras pas vivre sans moi, et c'est toujours une place toute prête pour une autre. Je ne veux pas partir comme une voleuse ; il faut que tu m'aides à rester femme ; la plus cruelle façon de m'oublier, ce serait de ne plus aimer. Dis-lui... » Mais à quoi bon, Lydia ? Tu sais, tu connais : nous sommes là. Le pain n'est pas à inventer, l'eau n'a pas de leçon à donner à la source, le cœur n'explique pas au sang de quoi il vit... Il y a longtemps que nous savons comment se sont formés les mondes inanimés, de quelle pétrifiante absence de lèvres féminines. Qu'ils continuent donc à se désoler parce que la terre n'est qu'une poussière, il m'est totalement indifférent de savoir qui est poussière et qui est Dieu, car ni l'un ni l'autre ne sont femme. J'allais même parfois regarder les cathédrales de Reims et de Chartres, pour voir comment on peut se tromper... Le sens de la vie a un goût de lèvres. C'est là que je prends naissance. C'est de là que je suis.

Elle se penchait sur moi, et sur ce visage, pourtant si proche, je ne savais si c'était là, enfin, ou si elle me donnait seulement à boire. Et puis dans un élan soudain, elle m'étreignit, me serrant contre elle comme dans mes plus lointains souvenirs.

— Tu es un voleur, Michel. Un détrousseur d'églises. Tu vas te faire arrêter pour détournement de cathédrales.

Elle prit ma main et lui sourit.

— Et tu as des poings, toi. A quoi ça sert ?

— A rêver de poings. Les poings n'existent pas encore, c'est une invention d'Homère. Une légende que les vieilles chaînes racontent aux nouvelles, pour les durcir.

— Alors, quoi, Michel ? Quoi ?

Je touchai ses lèvres, les effleurant longuement, pour que mes doigts continuent à bénir. Ma main alla puiser dans sa chevelure, qui avait pris à l'âge ce qu'il avait de plus clair, et dans ses rides, celles du sourire, celle du front, verticale, comme crucifiée entre ses deux ailes, et celles du regard, si douces, si finement creusées. La vie est célèbre pour ses travaux.

— Alors, tu es là, il y a clair de femme. D'autres hommes sont peut-être capables de vivre ailleurs, mais pas moi.

IX

Lorsque j'ouvris les yeux, la pâleur du jour à travers les rideaux montait avec son cortège bruyant de poubelles. L'invisibilité perdait son pouvoir, dans la fuite rapide des eaux nocturnes : meubles, objets, vêtements, cadrans horaires m'entouraient de leurs preuves matérielles. Je ne voyais de Lydia qu'un bras qui traînait dans le sillage de la nuit et une main vide et seule. Je me penchai sur elle et m'y cachai encore un instant. Sans doute faisait-elle semblant de dormir pour me rendre les choses plus faciles. Peut-être s'attendait-elle que je parte, car c'est long, une vie, elle devait commencer à avoir peur. Je me levai et m'habillai. La femme de ménage allait arriver dans une heure, mais je voulais être là avant. Je voulais m'asseoir auprès d'elle, attendre un peu, car après tout on ne sait rien de la mort, et d'ailleurs nous n'avons jamais eu besoin de nous parler pour nous comprendre. Il avait pourtant été entendu entre nous que je ne la reverrai plus, après.

— Je ne sais pas du tout quelle tête j'aurai. Il paraît même que l'on a l'air calme, apaisé, ce qui est simplement une saloperie de plus...

Je revins dans la chambre. Lydia n'était pas là. Je l'ai trouvée à la cuisine. Je m'assis en face d'elle sans rien dire et bus du café. La lumière du jour venait fouiller son visage, et qu'elles m'étaient chères, ces traces de roues, ces pâleurs bistrées, ces rides ! Le fripier du matin passait en pure perte et donnait à aimer tout ce qu'il venait flétrir.

— Je voudrais que tu m'accompagnes là-bas, Lydia.

— Bien.

— Nous partirons après. Est-ce que tu as ton passeport ?

— Oui. Je me préparais depuis quelque temps à fuir.

— Nous continuerons directement à Roissy. Nous pourrons nous arrêter au Mexique.

Le téléphone sonna. Longuement. Elle ne réagit pas.

— C'est Alain. Il téléphone tous les matins... Je ne partirai pas aussi loin avec toi, Michel. Il y a chez toi une ferveur religieuse d'aimer une femme qui est beaucoup plus proche de la ferveur religieuse que d'une femme. C'est trop haut pour moi, ta chute. Tu tombes trop haut. Tu es saoul de malheur et je ne sais pas qui tu es vraiment. Pars seul et dans trois, six mois, tu reviendras et nous essaierons de faire connaissance. On verra. Je veux bien me tromper, je ne demande même que ça, mais il faut que tu m'aides. C'est difficile, quotidien, pas à pas, au millimètre. On rampe toujours l'un vers l'autre. Pour l'instant, tu n'es pas toi. Tu es elle. Et je dirais même qu'il ne s'agit plus seulement d'elle, ou de toi, encore moins de moi, mais de haute lutte. Tu mènes une sorte de combat sauvage pour l'honneur humain. Tu refuses d'être vaincu. Tu es à poings serrés. Je comprends bien qu'il s'agit de nous tous, comme chaque fois qu'il s'agit de la fin du malheur. Je pense à ces Suisses, ces Suédois admirables, chirurgiens sous les décombres à Beyrouth, qui sauvent beaucoup plus que ceux qu'ils sauvent, même quand ils n'arrivent à sauver personne... Et tu aimes tellement une autre femme que c'est trop facile à prendre.

— Tu fais tes comptes, Lydia. Je ne sais pas ce que cela veut dire, espérer avec lucidité. Aimer est une aventure sans carte et sans compas où seule la prudence égare. Tu as réfléchi, et tu crois que c'est chez moi une foi aveugle : la féminité. « Il s'est arrêté à la première chapelle venue pour prier. » Mais, dis-moi, qui, en cet âge, te parlerait ainsi ? Qui oserait ? Qui oserait aujourd'hui se réclamer de permanence ? Qui oserait te dire que l'honneur, la virilité, le sens et le courage d'être un homme, c'est une femme ? Encore une fois, je ne te demande même pas de m'aimer : je te parle de fraternité. Je te demande d'être à mes côtés dans la profanation du malheur. Il n'est pas de plus haute célébration humaine. Une femme, un homme — et voilà qu'un coup de dés abolit le hasard. Nous avons besoin de beaucoup de piété pour nous retrouver parmi toutes les fausses cathédrales.

— Michel, le bouche-à-bouche peut ramener à la vie, mais ce n'est pas une façon de vivre.

— Nous vivrons après. Pour l'instant, il s'agit seulement de donner une chance à la chance. C'est une époque où tout le monde gueule de solitude et où personne ne sait qu'il gueule d'amour. Quand on gueule de solitude, on gueule toujours d'amour.

— Tout ce que je dis, c'est qu'il vaut peut-être mieux rester à Paris, parce que c'est beaucoup plus difficile que dans un pays de rêve, et que

148

nous saurons ainsi beaucoup plus vite à quoi nous en tenir...

Elle baissait les yeux. Sa main jouait nerveusement avec les miettes. Ça sombrait. Ça fuyait, et je ne savais pas comment le retenir.

Le téléphone sonna.

— Vous voyez, dis-je. Ça va sonner tout le temps, ici. Chez vous, chez moi. Il faut partir.

Elle tenait son bol de café à deux mains et réfléchissait. On était vraiment en plein jour et dans une cuisine.

— Très bien. Je vais faire ma valise.

Je me rappelai soudain où j'avais laissé mon sac de voyage : dans la loge de señor Galba. Il y avait mon passeport et mes travellers. Lydia chercha dans l'annuaire le numéro du *Clapsy's*, mais il n'y eut pas de réponse. Je me souvins que le maître était descendu au Quillon et appelai l'hôtel.

— Je voudrais parler à señor Galba, s'il vous plaît.

Une voix de femme me répondit et je renouvelai ma requête.

— C'est de la part de qui ?

— Dites-lui que c'est son ami de Las Vegas.
Un silence...

— Vous êtes son ami ? Il... il... est-ce que vous

ne pourriez pas venir ici, monsieur ? Il y a quelque chose qui ne va pas.

— Le cœur ?

— Non, mais il est vraiment bizarre et...

Je reconnus la voix : c'était la fille sur le trottoir en face du *Clapsy's*.

— Nous nous sommes parlé cette nuit, mademoiselle, j'étais en voiture avec une amie.

— Ah bon, vous le connaissez bien, alors. Il m'a demandé de lui tenir compagnie à l'hôtel et... Je ne veux plus rester ici. Il me fait peur.

Il y eut un nouveau silence et puis j'entendis la voix de señor Galba :

— Ah, c'est vous. Oui, j'ai votre sac de voyage. Vous l'avez oublié dans ma loge... A propos, vous savez que Matto Grosso est mort ?

— Je n'ai pas encore lu les journaux.

— Oui, le cœur a lâché. Comme ça... plouf !

— *Smrt*.

— Par-fai-te-ment. Ça arrive aux meilleurs. J'étais très attaché, ma femme l'aimait beaucoup. Il était vieux et il avait peur de rester seul. Il a choisi de partir le premier... C'était un grand anxieux. Mais je vais bien, j'ai des contrats pour deux ans. Ces gens-là savent ce qu'ils font, vous pensez bien qu'ils ne veulent pas se trouver avec un trou de ma taille dans leur programme. Matto va me manquer terriblement, mais il s'est trompé. La preuve, c'est que je vous parle. Je n'ai pas la voix d'un homme qui va tomber raide mort d'un moment à l'autre?

— Pas du tout.

— Je suis en pleine forme. J'ai même passé la nuit avec une petite femme.

— Félicitations.

— Mais je ne sais pas ce que je vais faire sans ce chien.

— Trouvez-vous-en un autre.

— Oui, bien sûr, mais ça prend du temps, une amitié. Ce n'est pas du jour au lendemain. Il y a les souvenirs communs, les habitudes. Il avait une façon de poser son museau sur ses pattes et de me regarder comme si j'étais la seule chose qui comptait dans sa vie... Vous connaissez ça?

— Oui. Ça m'est arrivé. Ça m'est arrivé de poser mon museau sur mes pattes et de regarder quelqu'un comme si c'était la seule chose qui comptait dans ma vie... Il faut que je vous quitte, Galba. On m'attend.

— Ce chien est mort prématurément. Il s'est trompé. C'était pourtant un grand intuitif. Il aurait dû sentir que j'en ai encore pour un bout de temps. Il s'est trompé dans ses pronostics. Je déborde de vie, vous pouvez me croire. Et j'ai le meilleur numéro du monde. Je l'ai encore répété cette nuit. Ir-ré-fu-table ! Ça dit tout ce qu'il y a à dire. Hein ?

— Je passerai chercher mon sac de voyage tout à l'heure. Laissez-le chez le concierge.

— Non, non, montez, montez. Numéro cinquante-sept. Vous partez, vous aussi ?

— Oui.

— Loin ?

— Caracas.

— Très belle ville. Montez directement à l'appartement. J'avais une amie avec moi, mais elle vient de partir. Elle ne s'est même pas fait payer. Une angoissée. Venez, venez. J'ai horreur des chambres d'hôtel. Je compte sur vous.

— Ecoutez, Galba, j'ai ma femme qui est morte cette nuit, je dois passer la voir. Mais je viendrai tout de suite après.

— Parfait. Et surtout, ne dessoulez pas !

— Il n'y a pas de danger.

Je suis allé à la cuisine, je ne savais pas où j'avais oublié quelque chose que je cherchais et je ne savais plus ce que c'était. Ce n'était pas à la cuisine et je suis revenu au salon, puis dans la chambre, mais ce n'était pas là. Lydia ouvrait les placards et jetait les affaires dans une valise. Elle évitait de me regarder comme si elle avait peur de me voir. Peut-être se demandait-elle ce que j'attendais, pourquoi je ne partais pas, il y a toujours des passages à vide, des creux, on ne peut pas être heureux tout le temps. Parfois, ça se décolle. J'avais vu à Valldemosa des oliviers tellement emmêlés qu'on ne pouvait pas les distinguer l'un de l'autre. Mais c'est chez les oliviers. Je suis allé dans l'antichambre où j'ai trouvé mon imperméable et mon chapeau. Je les ai mis. Je suis revenu dans le salon, je me suis assis dans un fauteuil et je suis resté là un bon moment, essayant de me rappeler ce qui me manquait et ce que je cherchais. J'avais mal au bras et à la poitrine, là d'où elle avait été arrachée. Je me levai et fouillai soigneusement dans mes poches parce que j'étais couvert de sueur. Je retournai dans la chambre à coucher.

— Excusez-moi, est-ce que vous ne pourriez pas me prêter un mouchoir ? Je vous le rendrai la prochaine fois que je vous verrai.

Elle me jeta un regard étrange puis alla prendre un mouchoir dans le placard et me le tendit.

— Je suis vraiment désolé que vous me voyiez dans cet état, lui dis-je. Je n'ai pas eu le temps de me changer.

Elle m'écoutait très attentivement, ne disait rien, évitait de me regarder, choisissait ses vêtements pour les mettre dans la valise. Je m'assis. J'étais content de pouvoir parler à quelqu'un.

— Ma chemise n'a pas quitté mon dos depuis trois nuits, mon rasoir électrique est dans le sac de voyage que j'ai oublié chez señor Galba, qui fait un numéro de dressage au *Clapsy's*, célèbre dans le monde entier. Je ne sais comment vous remercier.

— Vous devriez manger quelque chose.

— Non, merci, excusez-moi, ça ira mieux tout à l'heure.

— Voulez-vous que je vous appelle un taxi ou que je vous conduise ?

— Je pense que si vous pouviez m'accompagner là-bas, ce serait beaucoup plus sympathique. Vous voyez que les choses ne sont pas du tout laissées au hasard, puisque nous nous sommes rencontrés. Il y a bienveillance, sollicitude, aide et protection. Je suis sûr que señor Galba prend grand soin de ses animaux, bien que je considère son divertissement comme très cruel. Je pense aussi que ce serait encore plus frappant s'il ne se montrait pas lui-même en scène et demeurait invisible dans les coulisses. Ce serait plus vrai, en quelque sorte. Je considère néanmoins que nous devons poursuivre nos efforts. On peut toujours faire mieux. Le deuxième souffle est très encouragé, et on ne parle même pas du troisième et du quatrième, par discrétion. Il faut toujours reculer les limites d'endurance, le record du monde, ça n'existe pas, on peut toujours faire mieux. Ne pas ménager sa peine, tout est là. On raconte que lorsque les astronautes américains ont débarqué sur la Lune, ils y ont trouvé des Chinois. Indignés, car chacun sait que les Chinois ne disposent pas de moyens technologiques nécessaires, ils les somment de s'expliquer. Comment se fait-il que vous soyez là, comment êtes-vous arrivés jusqu'à la Lune, contrairement à toutes les lois de la nature ? Alors un des p'tits Chinois, en posant un poing sur l'autre et en mimant ainsi la courte échelle, explique avec un grand sourire : « Un petit Chinois, deux petits Chinois, trois petits Chinois... » Vous voyez qu'il n'y a pas lieu de désespérer. On fera la courte échelle et on y arrivera. Je ne sais pas quel genre de señor Galba on trouvera là-haut, mais on lui coupera les oreilles, à commencer par le cancer, la puissance, la haine et la folie, nous vaincrons parce que nous sommes les plus forts, dans le monde des forces immenses se préparent qui n'ont pas encore donné, un petit Chinois, deux petits Chinois, trois petits Chinois...

Mais je ne pouvais rien contre ce regard calme posé sur moi. Je demandai :

— Vous me mettez en observation?

— Vous ne pouvez pas continuer ainsi...

— Je peux, Lydia. Il n'y a pas de record qui tienne. On peut toujours faire mieux. La prochaine fois, j'irai simplement m'entraîner en altitude, comme le champion Viren, lorsqu'il se préparait aux Jeux olympiques.

Le téléphone sonna encore. J'en avais assez d'être au bout du fil. Je décrochai. Une voix saccadée, intense :

— Dzidzia? Cocomo galette no no mazabette tiens tiens...

Je me suis mis à rire. Señor Galba — l'Autre, celui qui se garde bien de sortir des coulisses — ne reculait décidément devant rien. *Cocomo galette no no mazabette tiens tiens...* N'importe quoi, pour obtenir son petit effet comique. Je tendis le récepteur à Lydia

— C'est le champion du monde. Votre mari. Je crois vraiment que c'est le tenant du titre, en ce moment.

Elle m'arracha l'appareil des mains avec un regard qui visait trop haut et trop loin pour nos moyens optiques et qui s'arrêta à moi au passage Elle pleurait à peine, en ménageant ses larmes, car elle devait se dire que la journée serait longue

— Mais oui, Alain, je sais tout cela. Nous le savons tous. On l'apprend chaque fois que Dieu fait et on finit par le savoir. Je sais que tu n'y es pour rien. Tu n'es pas responsable. C'est ce qu'on appelle un accident bête. Tu avais mis la petite à l'arrière, tu conduisais lentement. Je sais ce que tu veux. Mais je ne peux pas t'aider parce que Sonia est toujours là, elle se méfie de moi. Ils m'ont déjà fouillée, l'autre jour. Alors, il faut continuer, il faut prendre son mal en patience, c'est une très belle expression. Je suis sûre que tu peux maintenant comprendre quelques mots, tu fais des progrès. Tu arrives déjà à dire *Didia* et *zèzème*. Ça ira de mieux en mieux, tu verras. Je sais que Sonia est à côté de toi et qu'elle est en train de sourire. Du courage, du courage et encore du courage. Il faut continuer. Tu y arriveras, Alain, il n'y a aucun doute, tu y arriveras...

Je suggérai :

— Dites-lui : nous vaincrons parce que nous sommes les plus forts. La longue marche. Nous avons perdu une bataille, nous n'avons pas perdu la guerre. Dans le monde, des forces immenses se préparent, qui n'ont pas encore donné. Un petit Chinois, deux petits Chinois, trois petits Chinois. Alexandre le Grand, Nietzsche, Che Guevara, Marx, de Gaulle, Mao. Les Israéliens enverront leurs commandos. Soldats, du haut de ces pyramides. Aux armes, citoyens. Autour de nous de la tyrannie l'étendard sanglant est levé. On les aura. On arrêtera même les métastases. Dieu de justice et de bonté, les deux oreilles et la queue. Olé olé. Trois milliards de Spartacus. La liberté guide nos pas. Le dos au mur. *No pasaràn*. C'est la lutte finale. Tant qu'il y aura des hommes. Et on recommence : nous vaincrons parce que nous sommes les plus forts. La longue marche. Un petit Chinois, deux petits Chinois, trois petits Chinois...

Je sentis sa main sur mon épaule.

— Excusez-moi, Lydia, je grince un peu, mais c'est toujours ainsi, lorsqu'on secoue les chaînes...

Je me suis levé.

Il y avait dans la rue une boutique de fleuriste.

— Quelles fleurs aimait-elle ?

— Toutes.

Elle revint avec une gerbe blanc et mauve.

Je mis sa valise dans la voiture.

— Où est-ce ?

— Rue Vaneau.

Il y avait du monde devant la maison.

Le concierge était dehors, le coiffeur et sa femme aussi.

Ils me regardaient avec respect, comme si mon malheur m'avait fait monter dans leur estime.

Mon beau-frère était effondré dans un fauteuil.

— Tu savais qu'elle allait faire ça, n'est-ce pas ? C'était entendu entre vous... Tu n'avais pas le droit de la laisser faire... Tant qu'il y a de la vie, il y a de l'espoir...

— Exact. Nous avons perdu une bataille, nous n'avons pas perdu la guerre. Dans le monde des forces immenses se préparent, qui n'ont pas encore donné. Un petit Chinois, deux petits Chinois, trois petits Chinois...

Il haussa les épaules et essaya d'être méchant.

— Et qu'est-ce que tu vas faire, maintenant ? Redécorer l'appartement ?

Je lui ai dit la vérité :

— Je vais essayer d'être heureux. Mme Lydia Towarski... mon beau-frère...

Le docteur Taller me serra fortement la main, l'autre posée sur mon épaule, me regardant longuement dans les yeux.

— Courage, dit-il, comme s'il attendait encore de la clientèle.

— Docteur Taller, qui représente ici le corps médical. Mme Lydia Towarski.

— Enchanté, dit le docteur, et je ne pus m'empêcher de rire.

J'entendis derrière moi la voix de mon beau-frère :

— Complètement saoul... Evidemment, il lui doit tout.

Je me retournai.

— Exact.

J'ajoutai :

— Et ça va continuer. Il y en assez pour toute une vie et même pour deux. Elle nous laisse de quoi vivre.

Ils nous regardaient avec cette gêne qui essaie de ne pas trop voir. J'étais venu avec une autre femme, on devinait sans peine qu'il y avait entre nous une complicité très tendre, et c'était du dernier comique, ces airs embêtés qu'ils prenaient. J'étais un goujat. Je ne respectais pas le malheur, ses droits, privilèges, conventions et convenances. Je me dérobais avec arrogance aux égards qui lui étaient dus. Il y avait défi, insubordination, refus d'obéissance, ce qui est toujours un manque de savoir-vivre. Il y avait lèse-majesté, profanation du sacré, insulte au chef de notre Etat, outrage au pouvoir absolu, et cette femme qui se tenait tranquillement à mes côtés comme s'il y avait permanence, ne paraissait même pas comprendre que c'était un lieu de deuil. Je voyais pourtant bien que Yannik ne respirait plus, qu'elle était « morte », comme on dit couramment chez ceux qui ne doutent de rien.

Elle avait encore mis ma veste de pyjama et je ne crois pas que ce fût seulement par habitude.

Je pris une chaise et m'assis devant le lit. Les rideaux étaient fermés, mais il y avait assez de soleil.

— Tu vois, elle est là. Elle t'a apporté des fleurs. C'est comme tu l'as voulu. Nous allons essayer de te rendre heureuse. Cela va être un peu difficile, il y aura des chutes, des vides, des maladresses, des moments où l'on manque d'inspiration, comme dans toute œuvre de longue haleine, mais nous avons beaucoup vécu, chacun de son côté, et cela creuse toujours un trou pour deux. Tu savais bien que je ne pourrais jamais vivre sans toi, et c'est ainsi que tu lui as fait beaucoup de place. Je ne lui parlerai plus jamais de toi, comme je te l'ai promis, parce que tu ne voulais pas l'encombrer d'une autre, tu ne voulais pas lui imposer tes goûts, tes habitudes, tu voulais qu'elle soit libre de toute référence. Je cacherai toutes les photos et tous les objets que tu as aimés, je ne vivrai pas de mémoire. Il me suffira toujours de voir les forêts, les champs, les mers, les continents, le monde, pour aimer le peu qui me reste de toi. C'est passé si vite, cela s'est envolé si loin. Tu te souviens, à Valldemosa, ces deux oliviers si étroitement enlacés qu'il n'était pas possible de les distinguer l'un de l'autre ? On nous a séparés à coups de hache. J'ai mal, bien sûr, surtout aux bras et à la poitrine, là d'où on t'a arrachée, aux yeux, aux lèvres, partout où c'est creusé de ton absence, mais cette empreinte profonde et indélébile est devenue sanctuaire de femme, où tout est prêt pour l'accueillir, pour la bénir et lui donner à aimer. Elle est là, elle te regarde pour voir qui je suis, d'où je viens, de quoi je suis fait. Elle est inquiète, il faut du temps, nous sommes encore un peu étrangers l'un à l'autre, hésitants, incertains, il nous manque des discordes, des différends, des heurts, la découverte de nos travers, défauts et petitesses, toutes ces incompatibilités qui nous permettront de mieux nous sculpter l'un dans l'autre, de bricoler nos rapports, de nous ajuster, d'épouser peu à peu nos formes respectives, et la tendresse vient alors enrichir ce qui manque à l'un par ce qui manque à l'autre..

Je voyais dans la pénombre une silhouette qui levait la main et touchait mes lèvres comme s'il y avait dans mon souffle je ne sais quelle force qui pouvait se communiquer, je ne sais quelle faiblesse qui ne pouvait faillir.

X

Il y eut autour de nous encore quelques regards, un silence lourd de respect, des airs de circonstance, des mains qu'il fallait serrer, remercier, ne rien casser, ne rien renverser, à quoi bon troubler leurs habitudes, je n'étais pas un tribun, il n'y avait ni drapeau ni barricades, je n'allais pas les appeler à la lutte, parler de futures victoires, je me contentai de murmurer entre les dents : « Un petit Chinois, deux petits Chinois, trois petits Chinois. »

Une vieille dame que je ne connaissais pas me sourit dans l'escalier.

— Je suis Mme Jambel, j'habite au deuxième sur la cour. Mon fils a été tué en Algérie.

Je l'ai remerciée. Elle cherchait à me réconforter.

Il y avait un kiosque à journaux près de la

voiture, avec un titre en première page : VIE SUR MARS : NOUVEAUX ESPOIRS.

Cette maison où j'écris est près de la mer et j'écoute son murmure. Je l'écoute attentivement parce qu'il vient du fond des âges. Il y aura peut-être des mondes nouveaux, des voix que personne n'a encore entendues, un bonheur qui ne sera pas un goût de lèvres, une joie encore jamais imaginée, une plénitude qui ne sera pas seulement un clair de femme, mais moi je ne vis que de notre plus vieil écho. On ne vit que de ce qui ne peut mourir. Les nuits viennent avec amitié et me laissent partager un peu de son sommeil. Dès que se ferment mes paupières, tout redevient intact. Le jour, j'ai mon frère Océan pour compagnie : seul l'Océan a les moyens vocaux qu'il faut pour parler au nom de l'homme. Sans doute ai-je eu tort de me comporter avec Lydia comme si elle était elle : nous nous connaissions encore si peu, tout était si fragile, il y avait autour de nous une ville, des rues, des voitures, ce n'était pas un lieu de prière, et quelle femme accepterait d'être seulement un temple où l'on vient adorer l'éternel ? Elle m'écoutait avec une attention extrême, comme si tout ce que je disais lui donnait raison. Les cheveux ébouriffés, le visage fermé et presque hostile, elle paraissait puiser dans ma voix une force qui m'éloignait d'elle.

— Qu'est-ce qu'il y a, Lydia ?

— Vous savez que Pavarotti, le ténor, ne regarde même pas sa partenaire, lorsqu'il donne le meilleur de lui-même ? On voit aussi des croyants vivre seulement de leur foi, et le culte devient son propre objet, ce qui a toujours permis aux religions de se passer de Dieu.

— Je ne vois pas...

— On s'arrête à la première chapelle venue pour y prier. Chez les basses, Christoff le Bulgare a la plus belle voix. J'aime aussi beaucoup Placido Domingo. Il y a encore les rhapsodies, et puis Beethoven, Wagner, Vivaldi, tout ça. Le silence aime nos cris, ils l'habillent bien. Et les chœurs grégoriens, tu connais ? C'est d'un bout à l'autre de la terre. Il est temps de licencier le directeur de nos théâtres lyriques, Michel. « Les cris désespérés sont les cris les plus beaux » figure depuis trop longtemps au programme. Nous sommes le bifteck tartare de quelqu'un. Il y a aussi que je n'ai pas envie d'être une femme théorique.

— Et cela veut dire ?

— L'Eglise. La foi. Le culte. Je n'ai aucune envie d'être un instrument de culte. Notrefemme-qui-êtes-au-ciel. Je suis un chien battu, c'est tout. Je ne sais pas qui de nous deux a plus aidé l'autre, cette nuit. Mettons que nous nous sommes un peu épaulés. C'est déjà beaucoup. Je n'oublierai jamais. Tu m'as redonné un certain sens du possible. Je l'avais perdu. C'est énorme, tu sais, après quarante ans, de découvrir que c'est encore possible. Je ne demande pas plus. Tu m'as donné envie d'être encore femme. Voilà, je crois que c'est ici. Va chercher ton sac de voyage. Je t'attendrai dans la voiture...

— Lydia...

— Va. J'ai assez chialé.

— Enfin un premier éclat, lui dis-je. Nous venons vraiment de commencer.

Je traversai le hall entre les plantes vertes et laissai au concierge les quelques secondes qu'il lui fallait pour me marquer son indifférence.

— Señor Galba, s'il vous plaît?

— Le cinquante-sept. Il y a déjà quelqu'un qui l'attend.

Il alla chercher un crayon jaune derrière son oreille et le pointa par-dessus mon épaule. Svansson était installé, les jambes allongées, à côté du téléphone. Il portait sa tenue de tour du monde, Afghanistan, Cachemire, Katmandou, Mexico, des bottes rouges aux clous d'argent, des jeans et des chaînes aux symboles ésotériques autour du cou. Les jeans et la veste de cuir étaient constellés d'étiquettes comme une valise : motels d'Arizona, ashrams de Pondichéry, *Hertz rent a car*, l'Acropole, *Schwab's on the Strip*, Hôtel de Notre-Dame, Disneyland, royaume du divertissement. La longue chevelure et la barbiche blonde cherchaient le Christ à bon compte parmi nos plus vieux chromos et de grosses lunettes noires offraient aide et protection au regard d'enfant.

— J'ai appris la triste nouvelle, lui dis-je. Les chiens devraient vivre aussi longtemps que leurs dieux.

— Oui, la loi est mal faite. Ils étaient très attachés l'un à l'autre. Remarquez, je crois que señor Galba est très soulagé à présent. C'est quand même un grand souci de moins : il avait peur de mourir le premier et de laisser son chien seul. Et le chien aussi. Je veux dire, Matto était un bon chien de garde, mais il craignait de ne pas être à la hauteur de la tâche. Ils commençaient vraiment à avoir peur l'un de l'autre. Il suffisait que señor Galba se sentît un peu fatigué et il fallait courir chercher le vétérinaire. Ça fait trois ans que je fais le tour du monde avec lui. Je prépare une thèse sur le divertissement à l'Université d'Upsal.

— J'ai hâte de la lire.

— Il fallait bien que quelqu'un commence, mais ils étaient retenus l'un par l'autre et s'empêchaient de mourir tranquillement, si vous me suivez.

— Je vous suis.

— Lorsque vous n'êtes attaché à personne, vous pouvez filer tranquillement, comme ça...

— *Smrt*, dis-je.

— Exact. Peut-être conviendrait-il de vivre sans chien, si c'était possible.

— Le stoïcisme.

— C'est pourquoi je crois que c'est quand même pour señor Galba un grand souci de moins.

— Enfin libre.

— Exact. Lorsque Matto Grosso est mort dans sa loge, il m'a fait appeler et j'étais inquiet, car il faut bien que le numéro continue, c'est un chef-d'œuvre de dressage, le public ne s'en lasse jamais. J'étais donc très inquiet, j'ai demandé : « Comment vous sentez-vous, *señor*? » Il aime se faire appeler *señor*, bien qu'il soit italien de Trieste. « Ça va, Sven, ce chien était un grand nerveux... Il faudra répéter cette nuit, le rythme n'y est plus. » Il a commandé du champagne, et puis il est rentré à l'hôtel en emmenant avec lui Jackson, le chimpanzé, et Dora, vous savez, le caniche rose. C'est un homme qui ne peut pas se passer de compagnie. Il a également invité une jeune personne du trottoir, pour laquelle il s'était pris d'une amitié passagère. Il aime beaucoup les personnes du trottoir « parce qu'elles ne vous laissent pas le temps de vous attacher », ainsi qu'il me l'a expliqué. Il faut vous dire qu'il avait beaucoup aimé une femme qui l'avait quitté et ce sont là, j'ai remarqué, des choses qui laissent des traces...

— Exact.

— J'ai dû donner deux cents francs de pourboire au gardien de nuit pour qu'il les laisse monter dans l'appartement, parce qu'un chimpanzé, un caniche rose, et une jeune personne du trottoir, ce sont là des choses qui éveillent des soupçons pornographiques. Je suis venu ce matin l'aider à faire ses bagages, nous prenons l'avion cet après-midi. Je vais le laisser dormir un peu, car il le mérite. Le plus beau numéro du monde, monsieur, il n'y a aucun doute là-dessus. On ne fait pas mieux, comme dressage. Non, monsieur, on ne fait pas mieux.

Il se tut et attendit, comme pour me laisser le temps de fouiller ma vie à la recherche d'une réplique.

— Je ne suis pas suffisamment informé, m'excusai-je.

— Vous me direz peut-être que consacrer sa vie à un numéro d'une telle futilité... mais justement, monsieur, justement ! Qui dit mieux ?

— Vous devriez retourner à Upsal et finir votre doctorat, Svansson. Excusez-moi, mais on m'attend. Je voudrais récupérer mon sac de voyage, c'est tout.

Il eut un sourire las.

— Je vois, je vois. Vous préférez sans doute. Shakespeare. Mais les œuvres de Shakespeare, monsieur, font beaucoup d'honneur à la vie et à la mort, tandis que señor Galba les traite avec une souveraine dérision...

— Je ne prendrai pas parti entre les chefs-d'œuvre, Svansson. Et maintenant...

— Bon, venez.

Nous frappâmes discrètement à la porte du cinquante-sept mais n'obtînmes pas de réponse. Nous errâmes un instant dans les couloirs à la recherche de la femme de chambre, qui ne voulut pas nous laisser entrer. Il fallut téléphoner au concierge. L'autorité supérieure s'étant prononcée d'une manière qui nous fut favorable, la femme de chambre nous ouvrit la porte.

Les rideaux étaient fermés et la lumière allumée. Señor Galba était assis dans un fauteuil, près de la cheminée. Le chimpanzé était installé sur ses genoux et lui cherchait les poux dans la tête. Le caniche rose était couché près du fauteuil et remua la queue à la vue de Svansson.

Señor Galba était en pyjama. Il avait les yeux larges ouverts, son visage semblait avoir reculé et le nez aux narines puissantes paraissait ainsi encore plus grand, comme s'il s'était porté au-devant de l'ennemi. Señor Galba était mort.

Le chimpanzé nous regarda, puis donna un baiser à son maître et lui caressa la joue.

La femme de chambre cria quelque chose en portugais, puis s'enfuit pour prévenir la direction que l'on avait fait monter des bêtes au cinquante-sept.

Svansson commit alors une erreur.

— Jackson ! cria-t-il.

Je ne sais si le chimpanzé avait perdu la tête ou si, au contraire, il témoigna d'une admirable présence d'esprit, mais il répondit à l'appel de son nom par un réflexe de grand professionnel. Il poussa un glapissement effrayé, bondit vers le tourne-disque posé sur le guéridon et exécuta fidèlement le geste que je l'avais vu accomplir en scène : il déclencha le mécanisme. Le paso doble *El Fuego de Andalusia* retentit dans toute sa splendeur et ce qui suivit faisait certainement honneur à cet art du dressage dont seul le regard fixe et vitreux de señor Galba indiquait les limites.

En un instant, le chimpanzé et le caniche se retrouvèrent dans les bras l'un de l'autre au milieu du salon, dansant le paso doble, en nous jetant parfois des regards terrifiés, comme s'ils comprenaient qu'il s'agissait d'une question de vie et de mort.

— Merde, dit Svansson, non sans une certaine émotion.

J'allai résolument vers le sofa, saisis mon sac de voyage et me retrouvai dans le couloir. Avant de prendre la fuite, car la chose nous paraît toujours possible, je jetai un dernier regard à mon ami de Las Vegas : c'était assez touchant, cet ultime hommage qu'un chimpanzé et un caniche rendaient ainsi à l'œuvre d'une vie. En somme, señor Galba avait eu le dernier mot.

Je dégringolai l'escalier, cependant que l'air entraînant du paso doble me poursuivait d'étage en étage et sur le trottoir, bien que, sans doute, je ne l'entendisse plus. Il me semblait aussi que le regard vide de mon ami de Las Vegas suivait avec une indifférence assurée les efforts que je faisais pour me soustraire au dressage. Lorsque je vis que la voiture de Lydia n'était plus là, je demeurai un moment sous les arcades, le sac de voyage à la main, écoutant le paso doble qui paraissait retentir autour de moi, clamé par des haut-parleurs, puis je descendis sur la chaussée, frôlé par les voitures et les insultes, je tournai une ou deux fois sur moi-même en claquant les doigts, pour marquer le rythme, et lorsque enfin un taxi s'arrêta, il hésita avant de me prendre, car il craignait pour ses coussins. Je lui donnai l'adresse de Lydia et le priai d'arrêter la radio, car j'écoutais de la musique. Je voyais son regard méfiant dans le rétroviseur. Je me disais que j'étais dans la force de l'âge et que cela pouvait durer encore longtemps, si je ne fumais pas et faisais de l'exercice. Dans mon euphorie, je déci-dai de m'entretenir avec le chauffeur.

— Vous savez, la moyenne de vie a été prolon-gée de sept ans, d'après les statistiques...

— Si vous croyez que je conduis dangereuse-ment, vous n'avez qu'à descendre.

— Ce n'est pas ce que j'ai voulu dire... Je faisais une remarque optimiste d'une portée géné-rale.

— Moi j'ai rien à en foutre, de votre conversa-tion.

Il n'y avait que dix, quinze minutes de par-cours, mais je réussis à le faire en une heure. Le temps me traitait avec une minutie d'orfèvre et fignolait chaque minute comme un bijou. Il ne me manquait que peu de chose pour être dressé : un brin de cynisme, d'ainsi soit-il, un soupçon de bassesse, un air de stoïcisme, encore quelques gouttes d'ironie. Mais j'avais aimé une femme comme seule une femme peut donner et je ne savais pas capituler.

Je sonnai et je crus d'abord qu'il n'y avait personne. Puis la porte s'ouvrit et je fus accueilli par une vieille dame tout sourire, qui devait croire à une querelle d'amoureux.

— Entrez, entrez. Madame vous prie d'attendre. Elle va téléphoner.

Dans le salon, sur la table, il y avait du café et des croissants chauds.

— Voulez-vous que je vous fasse des œufs ?

— Non, merci.

— Madame a dit que vous devez manger et dormir un peu.

— Où est-elle ?

— Oh, je ne sais pas, je ne sais pas du tout. Elle va vous appeler.

J'attendis une heure. Je savais qu'elle allait revenir. Maintenant qu'elle serait toujours là, j'étais même capable de solitude. Tout à l'heure, j'irais acheter des fleurs et j'irais les porter à la petite prostituée qui avait tenu compagnie à señor Galba, car l'homme ne vit pas seulement de chien.

Je laissai le téléphone sonner un bon moment. C'était toujours autant de gagné.

— Michel...

— Je sais, Lydia. Je comprends.

— Je suis à Roissy. Je pars pour quelques mois.

— Tu as raison.

— Je t'ai écouté prier toute la nuit et... il y a trop de place. C'est trop grand, pour moi. Tu ne me laisses pas assez de petitesse. Il ne suffit pas d'adorer pour aimer. Tu es un bâtisseur de cathédrales, et moi, je vis dans un deux-pièces, quatre-vingts mètres carrés. Tu as perdu une femme qui était toute ta vie et tu essaies de faire de ta vie une femme. Elle t'a laissé avec des milliards. Je me sentirais plus rassurée si tu étais plus pauvre : tu aurais plus à donner. Il y a impossibilité de vivre sans aimer, je sais. Seulement, l'impossibilité de vivre sans aimer, cela aussi, c'est une façon de vivre. Je savais très bien ce que je faisais. J'étais tellement malheureuse que j'avais besoin d'aider quelqu'un. J'ai essayé de vous aider, tous les deux. C'est très égoïste, je sais... Enfin. Tu as parlé de fraternité, tu te souviens...

— Bien sûr. C'est la seule chose que les femmes et les hommes n'ont encore jamais essayé ensemble. Il n'y a pas d'orifice.

— Je ne peux pas aimer comme si c'était un sacerdoce. C'est trop lourd à porter.

— Il n'y a rien d'autre à porter. Ne pleure pas.

— Michel, on ne peut pas vivre ainsi.

— Ah bon, alors tu as raison de pleurer.

— Une femme ne peut pas être seulement un homme. Un homme ne peut pas être seulement une femme.

— Je n'y peux rien. Tu es ma condition biologique. Mon cri cellulaire.

— Il s'agit plus chez toi d'une espèce de foi absolue, farouche et barbare, que de ce que nous pouvons avoir de destin personnel...

— Oui.

— Lorsqu'on rencontre un tel besoin d'aimer chez un homme, on ne sait même plus si on existe pour lui, si on est aimée, ou si on est seulement un instrument de culte... Il faut que je vive aussi, moi. Je ne veux pas entrer en religion. Nous n'avons pas besoin d'adoration, Michel. L'adoration, cela finit toujours par une exigence de sainteté, et la sainteté, on nous a déjà fait le coup.

Je dirais même que ça suffit et que les putains ont peut-être aujourd'hui plus droit à la parole et ont plus de choses à nous dire que les saintes.

— Tu as dû passer une nuit atroce.

— J'ai passé une nuit, Michel. Et j'ai aussi aidé une autre femme. Maintenant, je pars. Je pars parce que tu es saoul de malheur et que je ne sais même pas qui tu es vraiment. Il y a trop de désespoir, trop de panique, chez toi... et chez moi. C'est trop facile. Un jour, quand nous ne serons plus des naufragés, quand nous serons vraiment nous-mêmes, nous nous reverrons... et nous ferons connaissance.

— Lucides...

— Oui, et tout sera beaucoup plus difficile. Nous nous regarderons peut-être en cachant notre étonnement, tu penseras : « C'est pas vrai ! », et moi : « Ce n'est pas lui, ce n'est pas possible... »

Elle sanglotait. J'étais heureux. Nous étions déjà ensemble.

— Lydia, pars tranquillement. Pars aussi loin que tu peux. Reste aussi longtemps que tu doutes. Fais d'autres rencontres. Vis pendant quelque temps d'arrêts d'autobus. N'aie pas peur, ce ne sera rien. Je t'attendrai à l'arrivée.

— A bientôt. Tu peux habiter chez moi, si tu veux.

— Non, j'ai horreur des illusions, figure-toi. Pars. Je vais essayer de dessouler.

Elle rit.

— Pas trop, quand même.

— Sois tranquille.

Dehors, je m'arrêtai devant la boutique de fleuristes. « Quelles fleurs aimait-elle ? — Toutes. » Elle préférait les lilas, mais il nous faudra attendre le printemps. Il me fallait à présent porter mon corps chez moi, le laver, le nourrir, l'habiller de frais, le remettre en vitrine parmi les siens, il pouvait encore servir. On me regardait étrangement, car ce fantôme sans femme ne paraissait pas chez lui dans ces parages. Par-dessus les toits, il y avait l'autre soleil qui se montrait. Je sentais que les choses autour de moi cherchaient à me reprendre dans leur cours, mais c'était là affaires d'éternité, d'univers, d'années-lumière, et le ciel faisait semblant, mais son immensité le trahissait, car le vrai ciel est petit comme une main. J'étais surpris de voir autour de moi tant d'hommes dignes et fiers qui ne mendiaient pas, tant de femmes aux yeux qui ne priaient pas. Sur le trottoir, une fillette méditait sur son soulier tombé, qu'elle essayait de mettre. C'était une entreprise difficile et qui demandait des secours. Elle leva un regard grave vers le monsieur souriant qui se penchait sur elle et qui pouvait peut-être se rendre utile.

— Je ne sais pas mettre mon soulier, dit-elle. Tu veux ?

Je mis genou à terre et me tirai fort bien d'affaire. Le bonheur blond effleura ma joue et je sentis un souffle si doux et si léger que je fermai les yeux.

— Merci, tu es gentil. J'habite en face.

Elle m'observa attentivement et décida que je pouvais encore servir. Elle prit ma main.

— Viens, dit-elle. Je vais t'aider à traverser.

DU MÊME AUTEUR

AU-DELÀ DE CETTE LIMITE VOTRE TICKET
  N'EST PLUS VALABLE, *roman*

CHARGE D'ÂME, *roman*.

LA BONNE MOITIÉ, *théâtre*.

LES CLOWNS LYRIQUES, *roman*.

LES CERFS-VOLANTS, *roman*.

VIE ET MORT D'ÉMILE AJAR

L'HOMME À LA COLOMBE, *roman*.

*Au Mercure de France, sous le pseudonyme d'*Émile Ajar :

GROS CALIN, *roman*.

LA VIE DEVANT SOI, *roman*.

PSEUDO, *récit*.

L'ANGOISSE DU ROI SALOMON, *roman*.

COLLECTION FOLIO

Dernières parutions

Impression Bussière Camedan Imprimeries
à Saint-Amand (Cher),
le 20 mai 1996.
Dépôt légal : mai 1996.
1er dépôt légal dans la collection : avril 1982.
Numéro d'imprimeur : 1/1207.
ISBN 2-07-037367-3./Imprimé en France.